猫には負ける

佐々木幹郎

亜紀書房

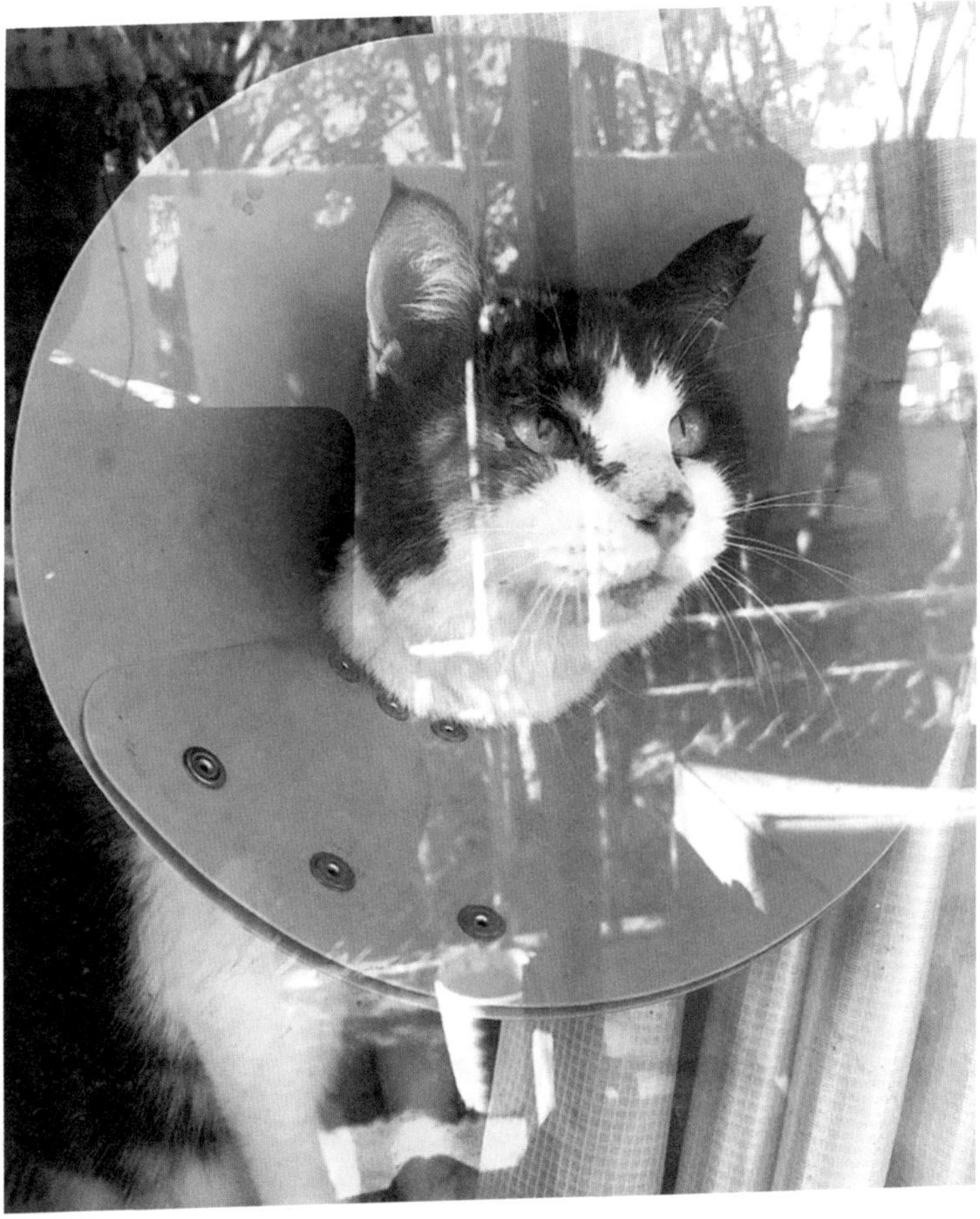

ツイラク・ミーちゃんは、野良出身の三毛猫である。耳だけを動かして、見えないものを見る。いつも自由に窓から部屋に入って、ニンゲンのベッドで寝て、窓から外に出て行く。怪我をして閉じ込められたときは、窓の外を眺めて暮らした。寝ているときは夢の中で天空をさまよう。

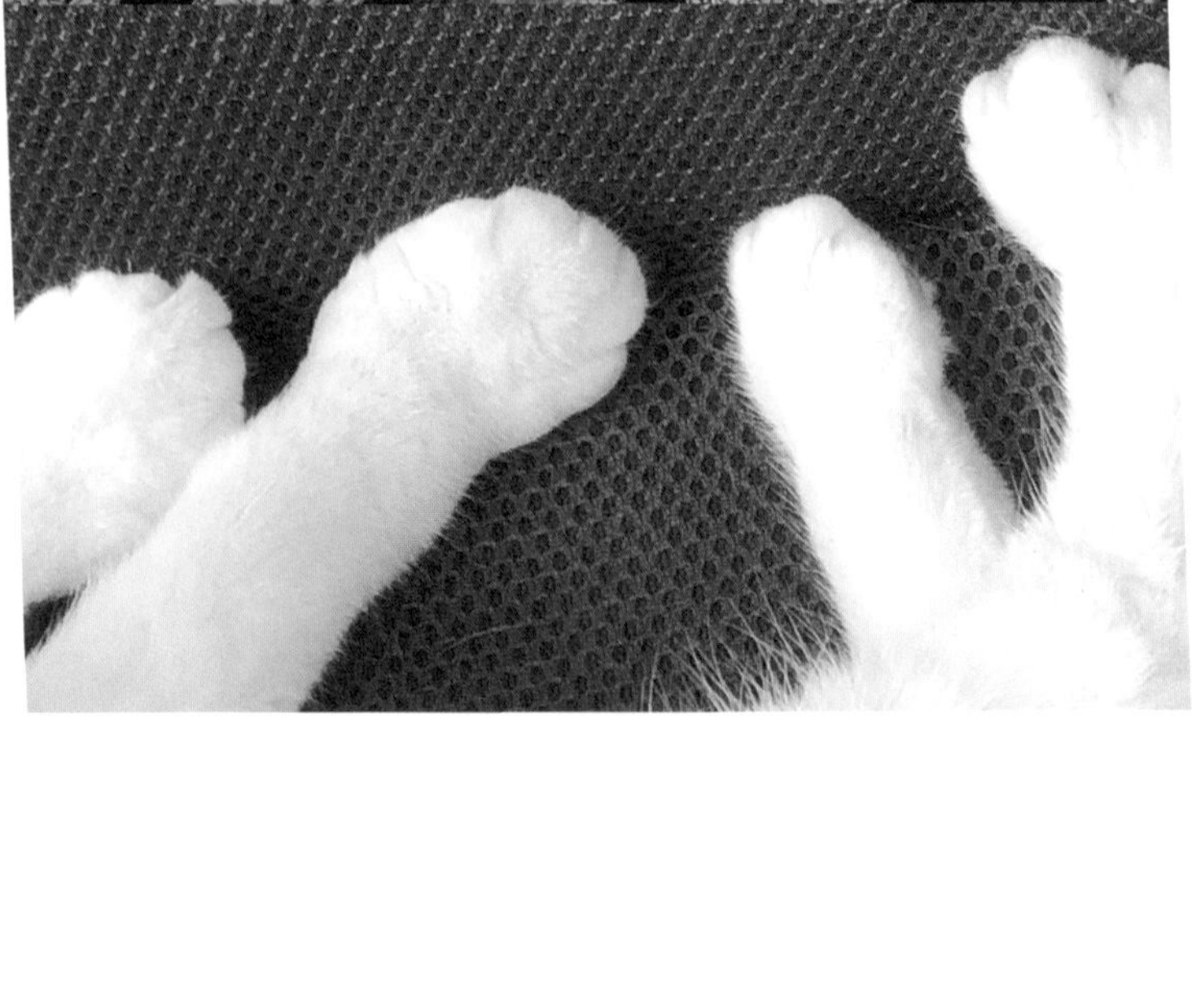

猫には負ける

もくじ

姓はツイラク、名はミーちゃん。

猫が愛しい。しかし、なぜ愛しいのか、なぜ、こんなヤツが可愛いのか、猫を見ながら、猫を撫《な》ぜながら考える。わたしがいま撫ぜている雌の三毛猫は、決して美女ではない。いや、それとはほど遠い顔をしている。三毛と言いながら、茶色と黒色と白色のレイアウトがバランスを欠いていていて、顔の中心から左右対称になっていない。歪んでいる。目脂《めやに》を絶やさないし、ピンク色の鼻のアタマは小さな切り傷だらけだ。毎日、どこかの草むらに首を突っ込んで怪我をしてくるのだ。それが喉を鳴らして、喉の裏も撫ぜて欲しいと白い首を伸ばして仰向けになる。ヨショシ。わたしは彼女のオナカをさすってやる。それから喉を撫ぜてやる。彼女の言いなりである。

この猫の名前は二つある。一つは「ツイラク」。二つ目は「ミー」ちゃん。ミーちゃんはどこにでもある名前で、甘えるときにはミーミーと鳴いてすりよって来るので、自然と名付けたのだが、小さい頃は鳴くこともなかったので、名前がなかった。同時に生まれた兄妹四匹のなかで、あまりに身体が小さくて、臆病で、動きもにぶかった。いつか死ぬだろうとさえ思った。あるとき、姿が見えなくなったと思ったら、近所のクリーニング屋のお姉さんが、「家で治療してやっていたんです」と言って、子猫を抱えて現れた。

わたしの住んでいるアパートは崖の上の高台にあって、小さな中庭がある。猫たちは中庭で遊び、ときおりコンクリートブロックの塀に上り、崖下の道路を見下ろしている。気が向くと、いきなり塀から一〇メートルほど下の道路に駆け下りる。子猫は他の猫の真似をして駆け下りようとしたのか、塀の上でバランスを崩したのか、アスファルト道路に墜落して、血まみれになって、うずくまっていたらしい。猫にあるまじき醜態である。たまたま通りかかった猫好きのクリーニング屋のお姉さんが見つけて、自宅で治療してくださったのだった。

それ以来、この猫を「ツイラク」と呼ぶことにした。「ツイラク」と呼んでも、「ミーちゃん」と呼んでも、大きくなった彼女はミーと言って返事をする。

姓は「ツイラク」、名は「ミー」ちゃん。「おまえさんは」と、ミーちゃんの喉を撫ぜながら言ってみる。「たぶん、いま一番幸福な野良猫は、おまえさんなんだよ。喉を撫でられている野良猫は、この瞬間、近所のどこにもいないよ。わかってる?」。そんなこと知らん、とミーちゃんは喉をゴロゴロ鳴らす。

そうなのだ。ツイラク・ミーちゃんは、いまでこそ半分は家猫になっているのだが、もともとはれっきとした野良猫なのである。半分は家猫、というのは、ここ数年、わたしの部屋に自由に出入りして、昼も夜もわたしのベッドで寝るようになっているからだが、わたしが何日も旅行をするときはそのまま外へ追い出しておく。彼女を野良猫に戻すのだ。それでも彼女は怒らない。平気で生きている。

彼女が生まれたのは二階のベランダの一角に、わたしが作ってやったダンボール・ハウスのなかでだった。十数年前、いま住んでいるアパートに引っ越しをして、しばらく経った頃、何匹かの野良猫がまるで通路のようにベランダを通りすぎるようになった。そのたびに餌をやった。やがてそのなかの一匹の雌猫が、一階と二階の間にある屋根の隙間に入り込んで（どういうわけか、猫が通り抜けられる穴があったのだ）、一階の天井裏でお産をしたのである。それがツイラク・ミーちゃんの祖母だった。尻尾が太かった。

一階に住んでいる大家さんは、美智子上皇后と高校時代の同級生で、シャンソン歌手。高校時代は美智子さんを専属のピアニストにして歌っていたらしい。このヒトの話はおいおいするとして、彼女があるとき「天井がうるさいのよ。夜になるとドタドタと走り回る音がするけど、大きなネズミが住んでいるのかしら？」とわたしに聞いてきた。ツイラク・ミーちゃんの祖母が産んだ子猫は六匹いた。うるさいはずである。「子猫たちですよ、まだ眼が見えないんじゃないかな」と言うと、「あらそう、それならいいわ」と大家さんは言った。子猫たちは野良猫のしきたり通り、数年の間に別のテリトリーを求めてそれぞれが住処を変えた。いつのまにか、いなくなったのである。そして最後に、ミーちゃんの母親のシロだけが、ベランダの常連となった。ベランダにダンボール・ハウスを作ったのはその頃だった。彼女はハウスのなかで四匹の子どもを産んだ。シロは全身真っ白なきれいな猫で、尻尾が太かった。子猫四匹のうちの一匹であるツイラク・ミーちゃんは、代々の遺伝で、太い尻尾を持って生まれたのだった。

ノリと妹と

シロに子どもを産ませたのは誰か。だいたい見当はついているのだが、たぶん、近所で最も目つきと顔つきの悪い野良猫の「オヤブン」である。たまにしかベランダにやってこなかった。オヤブンが来たときだけ、シロは威嚇の鳴き声を出さなかった。

シロが産んだ子猫は四匹いたが、三毛のミーちゃん以外は、みな雄だった。茶色に黒の縞《しま》模様が入ったキジ猫の「アンモ」と「ナイト」、それに全身真っ黒の「ノリ」がいた。「アンモ」と「ナイト」は小さいとき、二匹が抱き合うように寝ているさまを上から見ると、まるでアンモナイトの渦巻き模様のように見えたので、そのように名付けたのである。「ノリ」はわたしが住んでいる東京の大森では、江戸時代に海苔の養殖が盛んだったことにちなんで名付けた。

この三匹とも、いまはいない。アンモとナイトは大きくなってから最初にいなくなり、雄として最後まで残っていたノリも、ここ二年ほど見かけなくなった。美男子だったので、どこかの家庭に拾われて幸福に暮らしてくれていたらいいのだが。しかし、おそらく死んだのだろう。ノリが近所を歩いていると、どこにいるかよくわかった。ミャー、ミャーとだみ声で鳴き続けながら歩く習性があったからだ。ノリはミーちゃんと一番仲良しだった。

野良猫はなかなか人間に身体を触らせない。ミーちゃんだけが最初に触らせてくれた。その様子を不思議そうに見ていたノリが、ちょっとだけ触らせてくれるようになった。

この二匹に餌をやると、まず最初にノリが食べ、彼が食べ終わるのをミーちゃんは後ろで待っている。お皿を二つ並べても、遠慮して絶対に一緒に食べない。ノリはガツガツとなんでも食べる。

あるとき、ふいにミーちゃんが部屋のなかに入ってくるようになった。何がきっかけだったのだろう。いつまでも出て行かないので、部屋のなかに彼女の居場所として、ダンボール製の円形の猫鍋をしつらえた。「猫鍋」は土鍋のなかに猫が入り込んで丸まって寝る習性を発見したヒトが名付けたものだ。土鍋の代わりに、現在はアルミ製や竹製や布製など、さまざまな鍋型の猫用ベッドが販売されている。猫というのはおかしなヤツで、床に円を描いただけでも、そのなかに入って丸まって寝る習性があるのだ。

ともかく、わたしはダンボール製の猫鍋を買って、ミーちゃん用のベッドとしたのだが、彼女はそれを見つけるやいなや、いきなり入り込んで丸まり、外へ出て行かなくなった。

ノリがベランダにやってきて、わたしの部屋の窓が開いていると、室内を覗き込む。ミーちゃんがその気配を察し、部屋の奥の猫鍋から顔を出して、ノリのほうを見る。そのとき、ノリが見せた、世にも不思議そうな顔つきをわたしは忘れない。何をやっているんだ、そんなところで！　と言ったようにわたしには思えた。そんなオーラが全身から出ていた。驚いたのだろう。野良猫の兄貴分として、妹が家猫になってしまったことを理解しがたい、その堕落を許しがたいと思ったのか。それともうらやましいと思ったのか。

それ以降、ノリの態度が変わった。妹とベランダで会うと、鼻をこすりあわせ、お尻の匂いを嗅ぎ、一通りの挨拶が済むと、ミーちゃんが部屋のなかに入っても、彼は一緒に入らない。部屋の外のベランダで、ミーちゃんのことなど忘れたかのように、中庭を見ながらジッと坐っている。わたしが無理やり部屋に入れても、すぐ外に飛び出る。オレは独立独歩。ニンゲンなんかの世話にはならない。妹とは違う！　と言いたいらしいのだ。

そんなノリが愛おしかった。ノリはいなくなる直前、ちょっとだけベランダに顔を見せたことがある。いまから考えるとそれが、オレのテリトリーを今日から変えるから、という最後の別れの挨拶だったのかもしれない。

猫語と全身言語

猫という動物は、全身が言葉で出来ている。鳴き声を出すとき、それはもちろん何かを訴えたり、怒ったり、喜んだり、挨拶しているときだが、その猫語以上に、猫が他との言語コミュニケーションの手段にしているのは、両眼であり、尻尾であり、両手、両足であり、背中の毛である。つまり、全身なのだ。

わたしが猫に声をかけると、両眼を丸く開いてこちらをジッと見る。何を言っているのか、必死に眼で確認しようとしているのだ。怒られるのか（野良猫出身のミーちゃんは、このことに一番、敏感である）、それとも自分に挨拶しているのか、たんに遊びで声をかけているだけなのかを、判断する。尻尾を立ててわたしの前を横切るときは、彼女が敬語で挨拶しているときである。

猫が無言のかたまりになっているときがある。こちらが何を言っても横を向いたまま、どこか遠くを見ている。そんなときは身体を撫ぜてやっても、うるさそうにするだけだ。彼女が見ている先には、樹木の葉だけがある。何かを考えているらしい。人間よりもずっと賢そうに見える。

その本をいつ読んだのか、忘れてしまったのだが、また出典が何であったのかも記憶にないのだが、古代中国の猫にまつわる伝説がある。それによると、大昔、この地球を支配していたのは猫たちだった。あるとき、支配することに飽きてしまった猫たちが、長老会議を開き、こんな愚かしいことは、われわれ猫よりもずっと愚かな人間どもに任せたほうがいいと判断し、支配権を人間に譲ることに決めた、というのだ。

確かに、そんなことがあったような気がする。無言のかたまりになったミーちゃんの横顔を見ていると、そう思うのである。人間は愚かである！　猫はいつでもそう考えている。

彼女の耳は近くのものではなく、眼には見えない遠くのかすかな物音を聞くように出来ている。わたしが外出先から戻るとき、アスファルト道路を遠くから歩いてくる足音を、よく聞き分ける。

わたしが住んでいるアパートは崖の上にあって、崖に沿って高い石垣で囲われている。その石垣に鉄製のドアがある。そのドアの横に大きな郵便受けが取り付けてある。外出から戻ると、わたしはまず最初に、郵便受けの鍵を開ける。その音を聞くとミーちゃんは、わたしが帰って来たと確信するのだろう。ドアの向こう側から、「ミー、ミー」と小さな声を出す。お帰りなさいと言っているのか、いままで何をしていたの？と言っているのか。いや、猫のことだ。人間のことなど心配していない。わたしはここにいるよ！というサインである。

しかし、いざドアを開けると、わたしのほうを見ることはない。犬のように喜んで飛びつくことはない。そこが猫である。おまえさんなんか知らないよ、という風情で、わたしに背を向けて階段を上がっていく。

ドアを開けると、崖下から崖上の中庭まで、地中をくり抜いた煉瓦《れんが》製の階段があるのだ。中庭には樹木が覆い繁っていて、そこからわたしが住んでいる二階の部屋まで鉄製の階段がある。

ミーちゃんは中庭まで行くと、そこにある樹木にとりついて、一心不乱にコシコシと両手で爪とぎをする。猫の爪とぎというのは、テリトリーを示すための匂い付けのときや、ストレスを解放するときや、気分転換のときや、あるいは自分の欲求が満たされたときなど、喜びを示すときが多い。

というわけで、爪とぎをしているミーちゃんの背を撫でることで、わたしの帰宅の儀式が終わるのである。

と、ここまで書いたところで、わたしの足元に突然、猫の爪があたった。足元を見ると、外から戻ってきたミーちゃんが、両足をわたしの足にくっつけて寝そべっている。猫の帰宅はもの静かだ。足音がない。人間の耳には足音も聞こえず気配もないので、おまえさん、気がついてる？　帰ってきたんだよ、と言っているのだ。そして、いつまでもパソコンに向かっていないで、わたしを撫ぜて欲しい、とも伝えている。寝そべって自分の足をわざとわたしの足にちょっとだけくっつけるか、尻尾の先をわたしのふくらはぎに巻きつけるようにするのが、撫ぜて欲しい！という彼女の挨拶言葉なのである。

書斎の床は木製なので、暑い夏の間、猫はここで寝ることが多い。冷房が通い、扇風機も回っているので冷やか。わたしの机の下にある鞄《かばん》に、彼女は小さな頭を載せ、両眼をつぶったまま、こちらの様子をうかがっているのは、片耳だけがわたしのほうを向いていることでわかる。いつ手をさしのべてくれるのか、気配を図っているのだ。

猫が全身で示す言葉たちは、意味に囚われて身動きできなくなる人間のコミュニケーション言語よりも、ずっと魅力的である。

夏の猫

猫と山について

暑い夏が続いた。連日三〇度を超え、四〇度にも近づこうとする異常気象のなかで、山へ逃避することにした。群馬県の浅間山麓、キャベツ畑が広がる嬬恋《つまごい》村の一角に、友人たちと一緒に使う山小屋がある。標高一三〇〇メートルの山の斜面に三つの木造の小屋が並んでいて、台所のある旧館（最も古い建物なので、こう呼んでいる）、友人たちと二年がかりで手作りした新館（宿泊用）、そしてわたしの書斎棟がある。

この四十年あまり、一ヵ月に一度か二度、週末にはこの山小屋を利用して、村の友人たちや東京から来た友人たちとお酒を飲んだり、男女協働でピザを焼いたりして遊ぶ。ピザを焼くための石窯も、山の斜面に友人たちと一緒に作った。おまけに、大きなクリの木の上に、ツリーハウスも七年がかりで作ったのだ。これはまだ未完成。たぶん、永遠に未完成のままだと思うが、このツリーハウスが、わが山小屋のランドマークになっている。

山小屋に滞在するときは、木曜日の夜から月曜日の夕方まで。その間、猫のミーちゃんは東京で留守番をしている。彼女を一緒に連れて行きたい、と思うことはあるが、もともとは野良猫なので、山で行方不明になることを恐れている。キツネやタヌキはつねに山小屋のまわりを歩き、最近はシカやクマの出没が多い。

わたしのアパートの三階には猫好きの一家が住んでいて、血統書付きの猫が飼われている。生まれたときから家のなかで育てられていて、外へ出したことはないという。山小屋に行くときは、その一家にミーちゃんの餌を頼んでおく。ミーちゃんはときどき、この三階のベランダで寝ていたりする。

山小屋にいる間、わたしはミーちゃんのことを忘れているのだが、ふいに彼女の夢を見ることがある。夢のなかでミーちゃんは、たいてい仰向けになって寝ている。わたしは彼女の白いオナカを撫ぜてやる。ミーちゃんはわたしの手を甘噛みする。そんな夢を見る。ふむ、まるで愛人ではないか！

猫を山に連れて行かないのは、ずいぶん前、大阪に住むわたしの弟一家が、飼い猫のクーちゃんと一緒に山小屋に遊びに来たときの経験から来ている。全身真っ黒な毛並みのクーちゃんは、下半身の病気でつねにオムツをしていた。新館の荷物室に寝かせておいたのだが、あるときその部屋からいなくなった。ドアを閉めておいたのにどこから出たのかと不思議だったのだが、二メートルほどの高さにある小さな排気窓から出て行ったらしい。

ということがわかったのは、人間たちが寝静まった夜、彼女が山奥から戻ってきて、影のようにふわっと窓に飛び上がって部屋に入ったからである。わたしは外で焚き火をしていてその姿を見た。つかまるところが何もないのに、あんなに飛び上がることができるんだと驚いた。

クーちゃんを、書斎棟に寝かせたこともある。大きなスピーカーの、低音を響かせるためにくり抜いた丸い穴のなかに入って、彼女はそこを寝床にしていた。そしてここでもいつかいなくなった。山の自然が彼女を呼んでいたのか、山が病弱の猫を獰猛にさせているように思えた。

三日間ほど山を探し続けたら、あるとき、道の真ん中にクーちゃんのオムツが落ちているのを発見した。山でオムツをしている猫は恥ずかしい、と思って振りほどいたのか。たんにズリ落ちただけなのか。とにかく生きていることだけはわかった。

それから三日経っても、まだ戻ってこない。ついに弟の嫁さんは、クーちゃんのことを諦めた。

「山で元気に暮らしているのならいいのだけれど。キツネに食べられたのかもしれない」

弟一家が帰った日の夜、ひょっとして、と思ってわたしは書斎のドアを開けたまま寝ることにした。月が皓々《こうこう》と照っている。その月の光りが書斎の床に明るく伸びていた。ふと気がつくと、その床に猫の両耳の影が映った。クーちゃんが戻ってきたのである。

この猫は大阪でわたしの父親が九二歳で亡くなるまで、オムツをしたまま、父親の介護をしてくれた。朝起きると、父の部屋へ行き、寝息を聞いてから、そっと戻ってくる。大丈夫、まだ生きている、と確かめているかのようだった。認知症が進んだ父が何かを呟《つぶや》くたびに、足元で黙って耳を傾けた。父親は足でクーちゃんの背中をつついたりして遊ぶ。それを受け止める。そんなふうに、介護猫としての役割を立派に果たしてくれたのだった。

猫が教えてくれること

猫が教えてくれることのなかで、最も大きなことは、「眠る」ことの大切さである。人生は眠ることに尽きる！　と猫は言っている。いや、そんなことを言うはずはないのだが、眠っているときの猫の顔ほど、可愛いものはない。その丸く裂けた口元。ピンクの鼻。両頬から伸びる細い髭《ひげ》たち。あるいは球形となって丸まっている背中。毛に包まれて丸くなっている猫は、生きている人形だ。

それらの姿が、この世の苦しみや不安など、すべてどうでもよい、ということを教えてくれる。可愛いね、と思わず声をかける。そのまま顔を近づけ、ミーちゃんのオナカに耳をくっつける。心臓の鼓動が聞こえてくる。人間の鼓動よりもずっと激しい。血の通う音が温かい。そのままミーちゃんの身体の上に、顔を乗せてじっとしていると、彼女は眼を薄く開けて、不思議そうにわたしを見る。何をしているの？

そして、ふいに母親のような表情をするのだ。両眼には柔和な慈愛たっぷりな光りがある。彼女はわたしよりもずっと年上なのだ、と錯覚してしまうような。するとわたしは、いつまでたっても駄目な子どもで、こんなふうに母親に甘えているのだと、いつも思ってしまうのだ。

そこで、子猫が母親のおっぱいを飲むときのように、彼女のオナカに並んでいる小さな乳首を、次々に触る。子猫が何匹もいるように。ミーちゃんはそのわたしの手の甲をザラザラした舌で、何度も何度も舐《な》めてくる。まるで自分の生んだ子猫の毛を舐めるような優しさで。それが、彼女のわたしへの愛情の表現なのである。わたしが手を離すと、そのまま自分の毛を舐め続ける。

それからゆっくり寝返りを打って、再び眠りだす。今度は手足を紐《ひも》のように長く伸ばして、ディープ・スリープに入る。たとえいま、世界中が壊れてもよろしい。眠ることはすべてに優先する。

ツイラク・ミーちゃんは、いつも寝ている。二四時間のうち二〇時間は寝ているのではないだろうか。外へ出て歩き回るのは、一日わずか四時間くらい。

　そんな日常生活をニンゲンが続けたら、足腰が弱るではないか。寝たきり老人になるではないか、というふうに考えてしまうのは、わたしがいつもパソコンの前に座っていて、そのおかげで足腰が弱い老人になったからだろうか。

　それにしても、猫はいくら寝続けても足腰が弱らないのはなぜなのか。寝ているミーちゃんの後ろ足の筋肉を触ってみる。しっかりとたくましい筋肉がある。彼女は、触るな、と言って、足を縮める。

　ツイラク・ミーちゃんがわたしのベッドの上で、両手を前に伸ばし、両足を後ろに伸ばし、おまけに尻尾も一直線に伸ばして「紐」になっているとき、ストレスがまったくない、ということを全身で伝えている。未来のことなんて考えない。もちろん過去のことなど忘れている。いま、だけがある。しかし、そもそも猫には時間なんかないのである。

　なぜニンゲンは、時計を中心とした「時間」なんてものを大切にするようになったんだろう?

菜の花や月は東に日は西に

与謝蕪村の有名な俳句を思い出す。菜の花が黄色く咲き乱れる夕暮れ、東に月が昇る。西に夕陽が沈む。近世の農民たちは時計など持っていなかった。月が昇り太陽が沈むのを見て、農作業をやめた。そのときの菜の花の美しさ。

そうだ、猫はいつも、この菜の花の位置で眠っているのだ。蕪村と同時代にこんな俚謡《りよう》もあった。

月は東にすばるは西に
いとし殿御《とのご》は真ん中に

『山家鳥虫歌《さんかちょうちゅうか》』という近世の俚謡集にある盆踊り唄だ。東に月が昇っ

太い尻尾は代々の遺伝

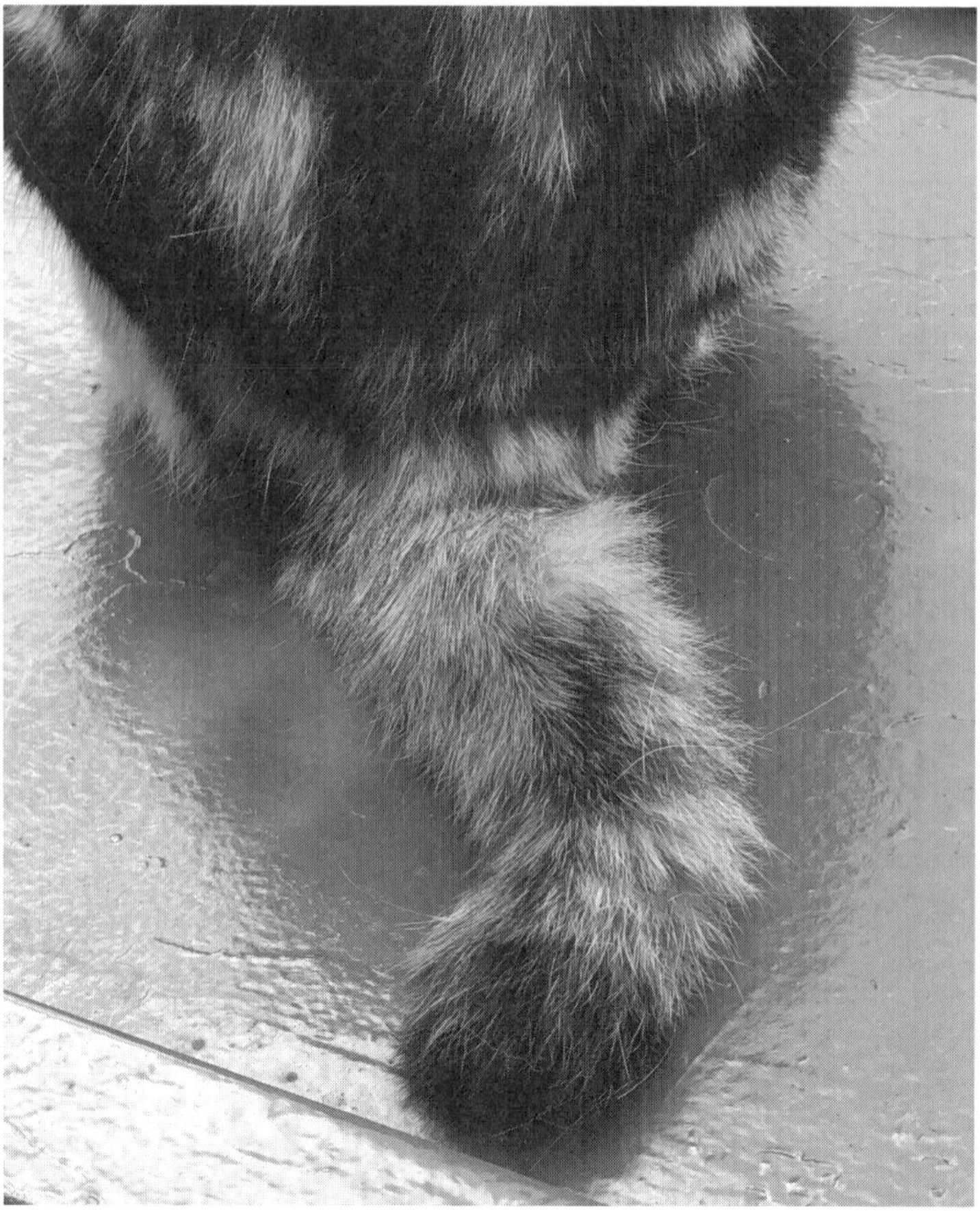

てきたとき、西に「すばる」星が昇り、その真ん中で恋しいオトコが夕暮れのなかでシルエットになっている。なんという雄大な、オンナからうたわれた恋愛歌だろう。おそらく蕪村の菜の花の句は、この俚謡を踏まえている。

ともかく、突然、蕪村の句を出してきたのは、菜の花の位置に恋しいもの（猫）がいる、とわたしは言いたかっただけなのだ。

ニンゲンはどうして、時間なんかに追われて、いつもストレスをためているのだ？

足音は風

驚くほどの静けさで、外から帰って来たミーちゃんはリビングルームを通りすぎる。挨拶くらいしろよ、とわたしは椅子に坐ったまま手を伸ばして、彼女の尻尾をつかむ。猫にしては珍しいことに、ツイラク・ミーちゃんは尻尾をつかまれてもあまり嫌がらない。普通はギャッと声をあげて嫌がるものなのに。

だからときどきわたしは尻尾をつかんだまま、彼女の行く方角とは逆さまにひっぱり、綱引きみたいにして遊ぶ。二、三回ひっぱるとさすがに嫌がって、わたしの手を嚙みにくる。

ツイラク・ミーちゃんの足音が聞こえるのは、わたしのベッドに長く寝ていて、ふいに起きて、床に飛び下りるときだ。トンッ、という足音がする。そこからわたしがパソコンに向かっている椅子の近くまでやってきて、ボンヤリ四つ足で立っている。眠そうな眼をしたまま、何をしたいのか、何が希望なのか、まだはっきり自分自身で判断できないようだ。前を見て、後ろを見て、斜め横を見て、近くに積み上げてある本の角などに頬をこすりつけて、まだボンヤリしている。それからわたしの顔を見て、ミャ、ミャ、と小さく二度鳴く。オナカが減った、と言っている場合もあるし、ただただ、寂しいから撫ぜて欲しい、と言っているときもある。

この猫はすべてにおいて行動がゆっくりしていて、臆病で、優柔不断である。小さいときからミーちゃんはそうだった。

都会では臆病な猫ほど長生きする、ということを知ったのは、三〇年ほど前、わたしが隅田川左岸の永代橋の近く、深川に住んでいるときだった。深川には狭い路地が多く、昔からの穀物倉庫や魚屋さんや畳屋さんなどが軒を並べている。その頃は長屋もたくさんあって、玄関はたいてい開けっ放し。夜も玄関に鍵をかける習慣があまりなかった。路地を通ると、その家が何を職業にしているかが、すぐにわかった。家の中で、一日中、紙の箱を組み立てて菓子箱を作っていたり、指物師《さしものし》やブリキ職人が仕事をしていたり、散歩するだけで楽しかった。ニンゲンにも楽しいのだから、野良猫にとっても楽しいはずである。路地には、たくさんの野良猫がいた。魚屋の前では、いつも何匹も猫がうずくまっていた。

わたしの深川時代で一番印象に残っているのは、生まれてようやく歩きだしたばかりの子猫が、次々と死ぬ事態に何度も出会ったことだった。いったい何匹の子猫の死体を、運河の近くの公園に埋めたことだろう。

雌猫たちは、一年に三度くらい、お産をした。そのたびに数匹が生まれるが、そのうちで生き残るのはほとんど一匹。もっとも精悍《せいかん》で、勇敢で、元気いっぱいの子猫から、順番に死ぬのである。

死ぬ時間帯まで決まっていて、たいてい夜十時頃から午前二時までの間だった。倉庫街の道路を昼間はひっきりなしに車が走っているが、夜になると、車の往来は途絶える。人通りもなくなる。それを見計らって、昼間はひっそりと路地裏で寝ていた猫たちが、道路の真ん中に飛び出してくる。誰もいないので、道路は猫たちの天下になる。数匹の子猫たちが寝そべったり、夢中で走り回っているそんなとき、道路を猛スピードの車が通り抜けると、猫たちは逃げることができない。元気な猫ほど、そのとき轢《ひ》かれてしまうのだ。

夜中にギャア！　という叫び声が聞こえ、車の急ブレーキの音がして、やがて車の走り去る音がする。わたしはそのたびに、家を飛び出した。わたしにようやくなつきだした子猫が、道路の真ん中で死んでいる。それを、そっとスコップの上に載せて、公園まで運ぶのである。死体を運び、土を掘るための大きなスコップまで買ったのだった。

臆病で優柔不断な子猫は、車の通りが少なくなったときでも、道路の真ん中に出てこない。路地の隅にいる。だから、生き延びることができるのだ。

郊外に住んでいる猫は、精悍で勇敢な猫ほど長く生き、都会ではその反対で、臆病な猫ほど長生きする、というのは、都会がイキモノにとっていかに危険かを示している。わたしたちニンゲンの世界を、透かし見るような気がする。

大森の住宅街でも、ミーちゃんの兄、勇敢だったノリが先に死んでしまった。子猫のとき、塀の上で怯えて道路に墜落してしまうような、臆病なツイラク・ミーちゃんは、いまも元気だ。

ボンヤリしていて、いいんだよ、ミーちゃん。風のように歩いて、空気のようにわたしのそばにいて、長生きしておくれ。

そもそも猫とのつきあいは

そもそも関西で生まれ育ったわたしが、東京に住むようになったきっかけは、猫だった。奈良で生まれ、大阪で育ち、大学時代以降、京都に住んでいたわたしは、社会人になってから、猫好きの先輩詩人の家の間借り人になっていた。大学時代から同棲していた女性と一緒だった。大家さんはニンゲンよりも猫を大事にしていた。それに影響を受けてしまったのか、わたしの同棲相手の女性が、加茂川の河原で生まれたばかりの子猫を拾ったのである。二人で子猫の世話をしながら過ごし始めてしばらくしてから、大家さんが、悪いけれどあと一ヵ月で出て行って欲しい、とわたしに告げたのだった。

大家さんは離婚直後だった。一戸建ての家の他の部屋が空いているから、間借り人にならないか、とわたしたち二人を誘ってくれたのだったが、どうやら新しい恋人が出来たらしい。そうなれば、しかたがない。わたしは子猫と一緒に住むための貸家を探し始めた。

大阪はわたしの出身地だが、大阪に戻る気はなかった。それまで住んでいないところに移りたくて、京都や神戸の貸家を探した。関西を離れる気はまったくなかった。猫を飼うためには一戸建てがいい。長屋でもいいけれど、なるべく小さな庭があるほうがいい、などと、贅沢な条件で探し始めたのだった。

しかし、関西の賃貸住宅の契約条件というのは、いまでもそうだが、敷金と礼金がべらぼうに高い。家賃の数倍から十倍もの値段を要求される。後で知ったのだが、これは関東と関西の文化の違いだろう。江戸時代からそうなのだが、東京の間借り人は、頻繁に引っ越しをした。しかし、関西の間借り人は、簡単に引っ越さない。そのことが敷金・礼金のシステムの差に残っているのである。もちろん、敷金は家を出るときに返却される。その間の金利は大家さんのものになる。

いい条件の家が見つかっても、わたしには高額の敷金と礼金が払えなかった。困り果てていたとき、その頃、わたしと一緒に映画を作ろうとしていた東京在住の映画監督が、いっそのこと東京に来てはどうか、と言ってくれたのである。彼の親戚が東京の国分寺で不動産屋をやっていて、ちょうどいい物件がある、というのだ。２ＤＫの一戸建てで、小さな庭があり、近くに武蔵野の林が残っている。家賃も手頃で敷金と礼金も一ヵ月分だけ。

家を出て行く期限が近づいたとき、この話を聞いて飛びついた。現地を見に行って、納得した。周囲に樹木が多く、ここが理想的だと思った。

関西人はもともと、畿内《きない》以外の地に移ることを嫌うものだ。わたしもそうだった。一生、畿内に住むつもりだった。東京というのは、東夷《あずまえびす》が住む野蛮な土地である。江戸以降の成り上がり文化で、歴史が浅い、などと考える風習がしみ通っていた。すでにモノカキになっていたが、馴染みになった出版社の編集者は来てくれるし、京都にいて困ることはなかったのである。

二十代はじめのそのとき、猫がいなかったら、わたしはいまも関西のどこかに住んでいたはずだ。しかし、人生というのは何が起こるかわからない。

わたしは同棲相手の女性と二人で子猫を抱え、満員の新幹線の通路に坐って上京した。難民のような気分になった。友人も少ない未知の土地に移り住む不安は、新幹線の揺れとともに、わたしにも彼女にもいや増すばかりだった。

京都を離れるとき、送別会をしてくれた友人たちの誰もが、「何で、都落ちするの？」と、真顔で聞いてきた。京都人は、京都に来ることを「上洛《じょうらく》」と言い、京都から離れることを「都落ち」と言う。そう、わたしは猫とともに「都落ち」して、東京に移ったのである。

武蔵野の一軒家は、快適だった。わたしの猫は武蔵野の林を走り回り、何度もお産をした。あるときは七匹の猫とともに住んでいたこともある。母猫（ムッちゃんと名付けていた）が外から戻ってくると、わたしの書斎の窓から部屋に入る。そのたびに彼女の足を拭いてやった。ムッちゃんの後ろから、ゾロゾロと子猫たちが入ってくる。彼らの足も順に拭いてやった。七匹目を拭き終わると、最初に入ってきたムッちゃんが餌を食べ終わって外へ出て行く。すると子猫たちも後をついて、外に出る。考えてみれば、わたしは武蔵野の林の一軒家で、一日中、机の前に坐り、猫の足を拭く生活をしていたのだ。

原稿料だけではもちろん食べていけず、お金がなくなるとボーリング地質調査という、肉体労働をしたりした。筑波連山の東電の送電鉄塔を建てるために、その基礎となる地層をボーリングすることが多かった。筑波の山の上でも、三〇〇メートルほどパイプで掘り下げると、最初に富士山の火山灰の地層(関東ローム層)の黒土、そして最後に、太古の海岸の青い砂や貝が出てくる。遠くに富士山が美しく見えた。北斎の版画が富士山を題材にする理由がよくわかった。関西人のわたしは富士山を見ることがなかったのである。関西のどこの銭湯の壁絵にも富士山はなく、天の橋立が多かったのだ。筑波山の上で、関東平野の雄大さを初めて知って、東夷と軽蔑していたその土地に、わたしは素直に感動した。

独立プロダクションで作った映画は「眠れ蜜」と題されて完成し、その後、全国各地を回って上映された。この映画は、中原中也の恋人だった元女優の長谷川泰子さんが出演したこともあって、いまも山口の中原中也記念館で上映される機会が多い。

京都から連れて来た猫のムッちゃんは長寿を保ち、老衰して病気がちになり、あるとき、わたしの膝の上で死んだ。彼女が死んだとき、部屋の天井の隅にかかっていた蜘蛛の巣が、風もないのに、ふんわりと揺れるのが見えた。ああ、あそこを通って彼女は天国に行ったのだ、と思った。

ムッちゃんが死んでから、わたしはその一軒家を離れることになった。猫というのは、一家の柱時計のような役割をしている。柱時計が毎日、一定の時間を刻むように、猫は毎日同じ日常が続くことを願っていて、その通りを生きる。しかし、そのように長年一緒に過ごした猫がいなくなると、その家の中心がなくなったような気分になる。何かがスッポリと抜け落ちるのだ。それと連動したように、それまでわたしと一緒に過ごしていた女性とも、別れることになった。わたしのまわりから、猫と女性がいっせいに姿を消したのだ。何が起こったのか、間抜けなわたしは、しばらくはその意味がわからなかった。ともかく、わたしの二十代はこのようにして終わった。

それから、練馬区の住宅街にあるアパートに移り住んだ。ここでは猫を飼うことができなかった。アメリカのミシガン州にある大学に赴任することになって、デトロイト郊外で半年間住んだこともあるが、そこでも猫とは無縁だった。

アメリカから戻って来て、隅田川左岸の永代橋の近く、深川地区の倉庫街に移り住んだ。都内の狭苦しい住宅街がいやになって、東京の空がもっとも大きく見え、夕陽が水平線近くに落ちる隅田川の河口風景が気に入ったのだ。ミシガン州の広大な原野を見慣れた眼には、隅田川の水と東京湾から川の上流に向かって吹き抜ける風、その上の広大な空が、しっくりと馴染んだのだ。そしてその深川の地で、路地に住む野良猫たちと出会ったのだった。

繭猫作り

冬の寒さは、猫たちにとって大敵だ。野良猫ミーちゃんにも寒さ対策が必要になる。

わたしのアパートのベランダには、彼女が外で寝るためのハウスがある。使い古したマフラーや毛糸のセーターを敷きつめて、その下に、携帯用カイロを何枚か入れてやる。わたしが留守にしているときでも、ここに入れれば大丈夫。カイロの暖かさは二日くらいしかもたないが、いったん猫がハウスに入ると、その体温でハウスのなかに暖かさが充満する。

ミーちゃんが家のなかで寝るときのためには、ベッドの布団の中に、湯たんぽを入れておく。彼女は湯たんぽが大好きだ。その膨らみにアタマを載せたり、背中をくっつけて寝るのが習慣になっている。

つい最近、浅間山麓の山小屋に数日滞在して、夜、東京に戻ってくると、ミーちゃんの姿がどこにも見当たらなかった。ふいに不安になった。

山小屋に出かける前、家のベッドの上で寝ていた彼女を抱えて、ドアの外に出したのだ。いつもはわたしが大量の荷物の用意をしたり、服を着替えたり、留守番電話に切り換え、テレビのスイッチを切ったりすると、旅に出るのだな、とすぐさま悟るのだ。そして、ゆっくりベッドから立ち上がり、自分で部屋の外に出て行く。しかし、このときは外が寒かったためだろう。出るのを嫌がったのだった。

わたしが部屋を出た後、忘れ物をしたのでまた戻ってくると、ミーちゃんはまだ、ドアの前でうずくまっていた。さて、今後一人でどうするか。ぼんやりと考えている風情だった。わたしがドアを開けて忘れ物を取りに部屋に入ると、わずかな隙間から、あっという間に部屋に飛び込んだ。でも、しかたないんだ、出なさい。わたしは再びミーちゃんを両手で抱えて外に出した。このときわたしはいつも、彼女のアタマにキスをする。彼女を後ろ向きにして前足をつかむと、温かくて柔らかい棒のようにおとなしくなってしまう猫という動物がたまらなく愛しくなる。今回はそんなやりとりがあったから、ちょっと心配だったのだ。

よく見ると、ドアの横に、小さな野ネズミの死体があった。ミーちゃんが捕まえて、わたしに見せに来た痕跡《こんせき》だ。食べてはいない。彼女の餌はわたしが留守の間でも、アパートの三階に住む猫好きの一家が与えてくれているはずだ。では、いつもより遠くに居心地のよい場所を見つけたのだろうか。それともどこかで怪我をした？

中庭の闇に向かって、「ミー！　ミーちゃん！」と何回か呼びかける。どこかへ遊びに行っていても、彼女はわたしの声が聞こえる範囲にいるに違いないのだ。数分後、気がつくと彼女は中庭の樹木の下で、幹に向かってコシコシと爪を研いでいた。ここにいるよ、というサインである。

近寄って、彼女の眼を見る。両眼ともまん丸だ。留守にしていたことを怒っていないらしい。彼女が怒っているときは、野良猫の野生そのもの。眼がつり上がり鋭くなっている。

ベランダにわたしが愛用している布製の椅子を置くと、すぐその上に飛び乗った。彼女はこの椅子が大好きなのだ。そして、まるでリスのように身体を丸くして、両眼を両手で覆って眠りだした。まるでマリモのようだ。冬に彼女が外で過ごすときは、寒さを防御するために、そんなスタイルで寝る。きっと昨日まで、そんなふうに寝ていたのだ。部屋のなかから彼女に何回か声をかけると、ふいに、あ、そうか、今晩からまたベッドで眠れるんだ、ということに気づいたらしく、ゆっくりと部屋に入ってきた。

わたしと眼が合うと、しきりに「ミャッ」と短く鳴く。「寂しかった?」と聞くと、「ミャッ」。「オナカはどう、減っている?」、「ミャッ」。わたしが何かを言うたびに返事をするのは、全身で甘えている証拠だ。こんなときは、お互いの言葉が一〇〇パーセント通じるのである。ふふふ。

初冬の山小屋では、気温は零下二度から零下七度まで下がった。東京に戻ると七度なので、暖かく感じる。山に雪が積もりだすのは、毎年一二月の末頃からだ。一月の終わりから二月にかけては、積雪二メートルあまりの大雪になる。そんなときは、山小屋へたどり着くまで、山の斜面をラッセルしなければならないので、山小屋は閉鎖している。

絵本作家の佐野洋子さんは、かつて北軽井沢にアトリエを持っておられた。わたしの山小屋とは車で二〇分ほどの距離なので、お互いに行き来することが多かった。わたしが山小屋で焚き火をしていると、「いるー?」という彼女の声が聞こえて、山の斜面を上がってくる。彼女は焚き火が大好きだった。

佐野さんが二〇一〇年一一月に亡くなったとき、彼女を追悼するために、山小屋の仲間と繭を集めて、「繭猫」と名付けた人形をたくさん作ったことがある。佐野さんの代表作の絵本に『100万回生きたねこ』があるが、その猫を模した起き上がりこぼしの人形だった。死んでも、また復活して欲しい、という願いを込めた。

繭を二つに割って、その底に鉛を入れて重しにする。鉛は空気銃の弾丸を溶かした。繭の一部を切り取って耳と尻尾を作り、貼り付けた。そして、佐野さんの絵本の絵を見ながら、雌猫や雄猫の顔を描いた。こういう作り方は、山小屋仲間のエンジニア、タケさんが考案した。

藺猫のウイスキー・キャット一家。右から母（白猫）、父（雉猫）、赤ん坊の妹（白猫）、不良の兄（黒猫）。

「繭猫」は起き上がりこぼしなので、ちょっとつつくとゆらゆら揺れるが、すぐ立ち直る。二〇一一年三月一一日の東日本大震災以降は、震災復興の願いを込めた「復興祈念・繭猫」となった。わたしの書斎の棚には、本と一緒に、シングルモルト・ウイスキーのボトルも並んでいるが、そこにもわたしが作った「繭猫」が四匹いる。父親（雉《きじ》猫）、母親（白猫）、不良の兄（黒猫）、眠り続ける赤ん坊の妹（白猫）。四匹は、わたしのボトルを守るウイスキー・キャットなのである。

ツイラク・ミーちゃんの災難

一二月の土曜日の夜のことだった。いつものように外で遊んでいたミーちゃんが、少し開けておいた窓から部屋に入ってきた。トンッとリビングの床に降り立つ足音が聞こえた。わたしは椅子に坐ったまま、しばらく本を読んでいたが、ふと、目を床にやると、鮮血が一ヵ所に固まって落ちている。どうしたんだ！ そこから点々と真っ赤な血液が、隣の部屋まで続いている。

驚いて隣の部屋に入ると、ミーちゃんがベッドの上で左後ろ足の指をしきりに舐めていた。よく見ると、左後ろ足の四本の指のうち、一番外側の指と外側から二番目の指の間が大きく裂けていて、細い足指の骨まで見えているのだ。まるで鶏の「手羽先」を齧《かじ》って、骨が出ているみたいだった。ミーちゃんがいくら舐めても、傷口から鮮血は流れ出ている。

わたしはパニックになった。何をした！　何を！　最近、隣家が取り壊されて空き地になった。そこに家を新築するための工事用の道具がいくつも転がっている。そのどれかに後ろ足を引っかけたのだろうか。それとも、野良猫の誰かに追いかけられて、高い所から飛び下りた拍子に、鋭い刃先を持つ金属製のものに指を裂かれた？　そういえば、古いブリキの屋根材がむき出しのまま、転がっていたな、などなど、思いつくことは次々と浮かんだ。

何よりも、こんな大怪我なら、病院に連れて行かねばならない。慌ててスマホで近くの動物病院を調べたが、どこも土曜、日曜は休診日だ。動物専門の緊急病院を調べると、車で一時間以上かかる遠くの町に一軒あって、二四時間開いているが、初診料二〇万円以上、とあった。なんという、値段の高さだろう。もう、それでもいいから、診てもらおうかと考えた。このへんが猫好きの人間の弱点である。平常心を失ってしまうのだ。

しかし、と、困った。ミーちゃんはこれまで野良猫として生きてきたのである。彼女は独立独歩であり、わたしがどこかへ彼女を連れて行くこともなかった。だから、猫用キャリーバッグなど持っていない。どんなふうに、病院へ運んだらいい？

わたしのアパートの上の階に、猫好きの一家が住んでいるが、そこの若い主人が難病にかかった彼の老猫をキャリーバッグに入れて、頻繁に病院に連れて行っていたのを思い出した。その老猫が、最近、ついに亡くなったのである。一〇年がかりの闘病生活だったと聞いた。彼にこんなとき、どこの病院に連れて行けばいいか、聞いてみよう。

わたしは慌てて三階へ行き、ミーちゃんの大怪我を伝えた。彼はすぐにわたしの部屋まで来てくれた。ベッドの上にいるミーちゃんを見て、「この怪我なら、大丈夫ですよ。死にませんから」と言った。病気の猫と長年つきあってきた貫禄があった。「まず、消毒して、包帯をグルグル巻いて、止血です。病院へ連れて行くのはそれからにしましょう」

的確な判断だった。「うちの亡くなった猫に使っていた包帯がありますから、それを使ってください」

わたしは彼が見守るなかで、嫌がるミーちゃんを無理やり押さえつけて、ベッドから引き下ろし、床に寝かせ、傷口にオキシドールを何度も注いだ。傷口にしみて痛がるかなと思ったが、ミーちゃんは目を細め、気持ち良さそうだった。そんなこともあるんだ。

傷口はパックリと割れていて、骨の上の皮膚と肉がめくれ上がっている。ふむ、やはり、どう見ても手羽先状態ではないか。めくれ上がった皮膚と肉を元に戻して、骨の上に皮膚の蓋をして、ガーゼをあて、包帯を巻いた。一人で彼女を押さえつけて巻くのはムツカシイ。足を捕まえながら、包帯を都合のよい長さにハサミで切るのがムツカシイ。包帯の上に巻くテープは裏側に薄く接着剤がついている。まだ巻き終わっていない包帯の先端が猫の毛にまとわりついて、左足の先端だけを筒状にくるんで巻きつけるのは、さらにムツカシイ。ミーちゃんは、わたしがモタモタしていると、嫌がって暴れた。包帯はすぐに外れてしまう。

見守っている彼が、「怒ってはいけません。誉めてやってください」と言う。彼が見守るだけで手伝わないのは、いつも慣れている人間以外の他人に触られることを一番嫌う、野良猫の習性をよく知っているからだった。

「エライ、エライ！　ミーちゃん、大丈夫だよ」と誉めながら、わたしは腕力で押さえつける以外になかった。ここまでは、夢中だった。ともあれ、やっと左後ろ足の先端部分を、筒状に包帯とテープで縛りつけたのである。血は止まった。

「ああ、なんだか懐かしいな、と思ってしまうんですよ」と、わたしがミーちゃんを押さえつけてバタバタと慌てている最中、彼はそんな感想を洩らしたりした。ずいぶん大物である。そういうヒトだったんだ、とこちらも改めて知ったのが、おかしかった。

猫の怪我や病気に慣れていると言う。止血したなら、今晩、病院に連れて行かなくてもいい。日曜日にも診療している近くの動物病院がある、ということを彼が調べてくれた。すぐにスマホで予約した。高額の診察料をふんだくる動物病院がいかに多いか、彼は自分の長年の経験を教えてくれて、「もう使わないので、あげます」と言って、猫用のキャリーバッグを持ってきてくれた。

「猫はもう飼わないの？」と聞くと、「飼いません。やれるだけのことをやったので、思い残すことはない」と言った。「これで親子三人で旅行もできます」とも。彼には奥さんと高校生の娘さんがいる。難病の老猫がいたため、家族で旅行に出るときも、誰か一人が看病のために家に残るという生活が、長年続いていたのだ。

ミーちゃんは、猫鍋のなかに入って、しきりに包帯の端を齧《かじ》り始めた。気持ちが悪いので、外そうとしている。ミーちゃんにとっても、わたしにとっても、疲れ果てる災難がしばらく続く、その序曲が、この夜始まったのだった。

ツイラク・ミーちゃんの冒険

翌朝、病院へ連れて行くのに、ミーちゃんをキャリーバッグに入れるのが大変だった。彼女は嫌がった。ヨシヨシ、と励ましてお尻から無理やり押し込んだ。キャリーバッグは固い布製で、前後が小さな網状になっていて、それが窓になっている。窓から覗くと、ミーちゃんは暴れている。

猫というヤツは、大怪我をしても「痛い」とは言わない。そんな言葉を持っていないのだ。「痛い」という顔つきもしない。大きく裂けた左後ろ足の指先には包帯をきつく巻いておいた。傷口はいまも痛いはずなのに、前足の爪を立てて、後ろ足で踏ん張り、猛然と暴れている。「わたしにこんなことをするなんて！」と怒り、ギャーギャーと怒鳴り声をあげ続けた。

それにかまわず、大急ぎでチャックを閉めて、その上に目隠しのために布をかけた。しばらく鳴き声が静かになったと思ったら、なんだかまた妙な暴れ方をしている。どうやら内側からチャックを開けようとしているようだ。

オーバーを着て、外に出ようとしてふり返ると、ミーちゃんがキャリーバッグの中から顔を出していた。ついにチャックを開けたのだ。こんなとき、得意そうな顔をしているのが、許せない。アタマから押し込んだ。

アパートの階段を降りて、駐車場までキャリーバッグを運ぶ途中、急におとなしくなった。鳴き声が変わった。小さくなったのだ。バッグの窓から見える外の世界に気をとられているようだ。彼女がいつも遊んでいる風景が、新鮮な角度から見えて、怯えを越えてしまったらしい。

病院までは車で二十分ほどの距離だった。車が動きだすと、バッグのなかでまた暴れ始めて、鳴き声が怒鳴り声になった。ミーちゃん、ミーちゃん、そばにいるからね、と声をかけ続けた。

日曜日もやっている動物病院は、美容トリミング室やペットホテルの施設もあって、小奇麗だった。わたしは診察が始まるまでの間、ガラス越しに、犬のトリミングの様子を見ていた。世の中にこんなに可愛らしく変貌する犬もいるんだ。でも、ミーちゃんは違うからね。毛をカットする必要はない。元気でありさえすれば、わたしにとって最も美しく可愛らしい猫なのだ。

「野良猫ですか？」と、若い獣医師さんは言った。キャリーバッグの中でミーちゃんは声を出さずにじっとしている。これから何が起きるのか、怯えているようだ。「暴れるかな？」と医師は言いながら、ミーちゃんをバッグの中から出し、すぐ全身に大きなタオルをかぶせて、まわりが見えないようにした。驚くほどミーちゃんはおとなしい。さすが専門家の扱いは手慣れている。

バッグの底に敷いたペットシーツを見ると、クシャクシャになっていて、昂奮《こうふん》のあまりオシッコを洩らしたようだ。

医師は看護師に両足を持たせて、左後ろ足にわたしが巻きつけておいた包帯をほどいた。手羽先状態になっている指先を見て、「裂けているのは一ヵ所だけですから、たいしたことはありません。手術をして縫合しましょう。そうですね、麻酔をしなければなりませんから、一晩、預からせてください」と言った。というわけで、ミーちゃんは入院することになった。

彼女は昨夜から今朝までの間、左後ろ足の指先に巻きつけた包帯を外そうとして、そのまわりを舐め続けていた。猫の舌はザラザラとした下ろし金のようなものなので、同じ箇所を舐め続けると、その部分の毛が抜け始める。わたしは朝までの間に、二回、彼女が外しそうになった包帯を巻きなおした。そのたびに、包帯の周囲の毛が抜けて、皮膚が見えだしているのに気がついたのだった。

獣医師はその脱毛状態を見て、左後ろ足指の先端だけではなく、左足の太もものほうまで大きく包帯を巻いた。その上で、猫用のエリザベスカラーを首に付けた。
誰が「エリザベスカラー」と名付けたのだろう？　十六世紀のイギリスのエリザベス朝時代に貴族たちがしていた衣服に「襞襟《ひだえり》」があって、それを真似たカラーが動物の医療用に作られたのが一九六〇年代だという。

怪我をした動物が傷口を舐めないように、首のまわりにラッパ状のプラスチック製襟巻きを巻く。上下左右は見えにくく、グルーミングも不自由になるが、猫には一時的に諦めてもらう以外にない。ミーちゃんはカラーを付けられても、最初はそんなに嫌がらなかった。きっと何をされたのか、わからなかったに違いない。

完治するまでに、ほぼ二、三週間はかかるということだった。「明日、引き取りに来てください。明日以降、完治するまで絶対に家の外に出さないように。感染症の恐れがありますから」と言われたが、野良猫ミーちゃんを家に閉じ込めることなどできるだろうか。

ところで、ミーちゃんは昨夜の怪我の後、オシッコもウンチもしていないし（オシッコはキャリーバッグの中でしたようだが）、餌も食べていない。自分の身体の異常に気づいて、昂奮しているらしい。

「一晩、様子を見てみましょう。オシッコもウンチも、困ったらやりますから心配しなくていいです」と医師は言った。

しかし、その困ったらやる、というオシッコとウンチが、その後の最大の問題であった。ミーちゃんは、いままで外でオシッコとウンチをしていたのであって、わたしの部屋ではしたことがなかったのである。

僧侶となったミーちゃん

動物病院に、手術を終えたミーちゃんを引き取りに行った。怪我をした左後ろ足の指先を見せてもらうと、黒い糸で五針、縫われていた。「想像していたより、昨夜は暴れませんでしたね」と医師は言った。ということは、ある程度、暴れたのだろう。「ええ、ちょっと。一晩中、鳴き声がうるさかったです」と言いながら、彼は笑った。いい先生である。

血液検査をして、抗生物質の注射を打ったが、抗生物質がどこまで効くか、他の猫より免疫機能が弱いですから、と言われた。血液検査の結果、ミーちゃんは「猫エイズ（猫免疫不全ウィルス感染症、ＦＩＶ）」のキャリアであることがわかったらしい。

「エイズ？」

わたしは驚いて、声をあげた。

「発症しているわけではありません。猫エイズは人間には感染しません。キャリアであるということは、いつか発症するかもしれないということで、猫が死ぬまで発症しないこともあります。これは猫によってさまざまで、わからないのです。ただ、免疫機能が弱いので、感染症には今後とも要注意です」

あまり知られていないことだが、猫の一〇%は「猫エイズ」のキャリアである、ということなのだ。猫同士の喧嘩で感染する場合もあるし、親からの遺伝の場合もある。ミーちゃんがそのどちらであるかはわからない。

なんと！　ミーちゃんが猫エイズのキャリアであるとは。

治療法はないという。なるだけ猫にストレスを与えず、リラックスさせる生活環境が一番だという。ウイルス対策の混合ワクチンを一年に一度くらい打って、免疫機能を維持、あるいは少しでも高める以外にないらしい。

「わかりました」とわたしは答えた。ミーちゃんがいつかエイズを発症しても、最後までつきあうことに決めた。

車で帰宅する途中、キャリーバッグのなかのミーちゃんは、エリザベスカラーをしたままだと、狭苦しいのだろう、あいかわらず暴れて鳴き続けた。これもストレスに違いない。申し訳ないが、しばらく我慢しておくれ。エイズでも、ミーちゃん、長生きしようね！

その日から二週間ほど、抜糸するまで、二日に一度、左後ろ足の傷口を消毒し、包帯を巻きなおすための病院通いが始まった。

ミーちゃんの外出禁止令が病院から出ているので、家では普段、猫の出入り口用に開けていた窓を締め切った。一日に一度、抗生物質の内服液を餌に混ぜ、消炎鎮痛の錠剤を一粒、こまかく砕いて、これも餌に混ぜて食べさせた。

エリザベスカラーをしたミーちゃんは、左右の感覚がうまくとれないので、あちこちにぶつかりながら、よろよろと部屋のなかを歩く。かわいそうでもあり、おかしくもあった。

当然、外出したがった。いつも出入り口にしている窓辺に坐り、わたしに向かって「外に出してよ!」と鳴き続ける。わたしが無視していると、諦めたように、ガラス越しに外の景色を見たりした。窓の外には、彼女がよく登る中庭の紅葉《もみじ》の木があった。その木の枝の先を見上げている。カラーをしたままのその姿がなんとも、いじらしい。

夜、彼女がカラーを巻きつけて猫鍋に入って寝ている姿は、悟りきったヨーロッパの僧侶のような雰囲気を漂わせていた。そしてどこか、エロティシズムの香りさえあった。抑圧されている猫のその装束が、そんな不思議な感覚をニンゲンに呼び起こすのだろうか。

食事のときや水を飲むときだけ、かわいそうなのでカラーを外してやった。しかし、ちょっと目を離すと、グルーミングをしているふりをして、また左後ろ足を舐めて包帯を外そうとしている。油断もすきもない。もはや、彼女の左足の太ももは、包帯の周囲の毛が抜け、皮膚も赤くなっている。「あっ！」とわたしが声をあげて、カラーを持って近づくと、逃げ出すようになった。

そんな追いかけっこなら、まだよかった。一番、大変だったのは、オシッコとウンチの問題である。猫用のトイレを三つ用意して、部屋のさまざまな場所に置いたのだが、なんと、ミーちゃんが一番好んだトイレは、ベッドの布団の上であった。

朝、ミー、ミーという小さな鳴き声がベッドの下からするので起きると、布団の一部が濡れている。彼女がさきほどまで寝ていた場所だ。申し訳ないと思っているのか、ミーちゃんの鳴き声は極端に小さい。とりあえず、オシッコをしてしまったことをわたしに知らせたのである。

すぐに布団のカバーを外し、布団とその下にあった毛布を洗濯した。しかし、まずい習慣がついたものだ。今後のオシッコ対策のために、布団のカバーだけ二枚重ねにし、その下に何枚もペットシーツを敷き、その下に毛布、さらにその下に布団を敷いた。やるのなら、しかたがない、という心境だった。それ以降、彼女は一日に二回、あるときは三回、布団カバーの上にオシッコをした日もあった。そのたびにコインランドリーに出かけた。

なかなか、ウンチをしないので、どうしたものかと思っていたら、ある朝、やはり布団カバーの上に、コロンと転がっていた。このときは、「ああ、出た！　出た！」と喜んだ。怒る気はまったくなかった。ただ、いい加減、疲れる。いつになったら、猫用トイレを使ってくれるのだろう。猫用トイレの位置をいろいろ変えて試してみたが、彼女が布団の上にする習慣は、いつまでも直らない。

しかし、あるとき、わたしがトイレの便器に坐っていると、ミーちゃんがわたしの足元にやってきて、うずくまったことがあった。それまでも彼女はわたしがトイレ室に入ると、足元にやってきていた。ドアを閉めておくと外から鳴き続けたので、ドアを開けたのがきっかけだった。ニンゲンはここで何をしているのか、気になるらしい。彼女がわたしの後について入ってくるたびに背中を撫ぜてやっていたのだが、今回は、うずくまったのである。ミーちゃんのオシッコのタイミングとわたしのトイレタイムが、うまく重なったようだ。あ、やるな、と思った瞬間、彼女は足元のマットの上に、そっとオシッコをした。上出来である。オシッコの後、前足でマットをクルクルと巻いて濡れた部分を隠した。砂でもかけているつもりだったのだろう。わたしはミーちゃんを褒めちぎって、全身を撫ぜてやった。

しめた。この習慣がつけば、トイレ用マットの上にペットシーツを敷けばいい。濡れるのはシートだけだ。トイレ室のドアを開けたままにしておくと、やがて、そこにウンチもしてくれるようになった。ニンゲン用トイレ室が猫用トイレ室になったのだ。

というふうにして、僧院に閉じ込められたような、「僧侶」ミーちゃんのトイレ対策がやっと完了するまで、一カ月近くかかったのだった。

僧侶のように悟りきる？

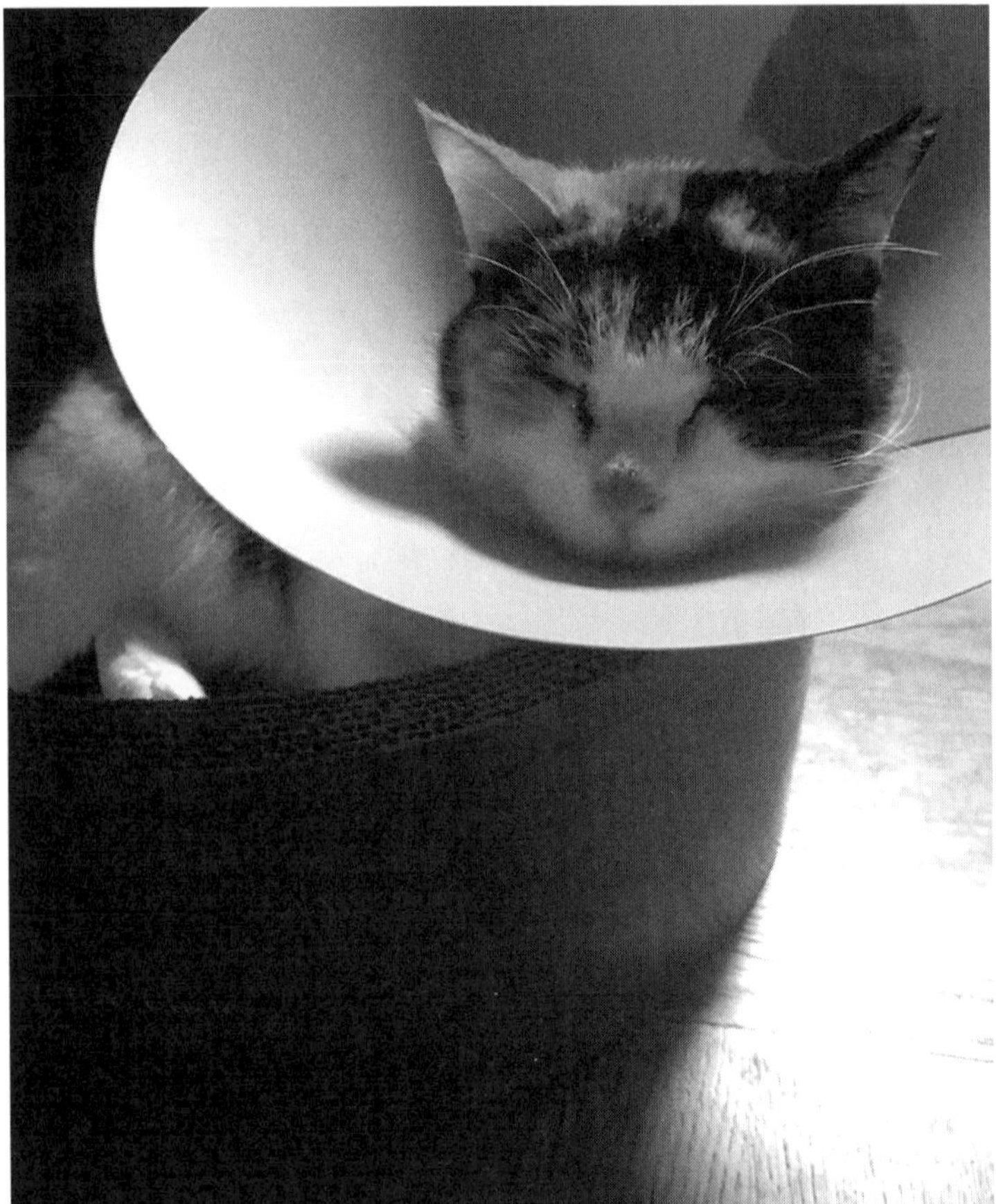

女王のご帰還、完全回復！

年末からお正月にかけて、わたしは浅間山麓の山小屋に行く予定にしていた。友人たちが子ども連れで一五人ほど、泊まりにくることになっている。半年前からの約束だった。どうしても山小屋行きを外すことはできなかった。ツイラク・ミーちゃんが大怪我をしなければ、彼女を東京に残して、いつものように外へ放り出しておくのだが、今回はそういうわけにはいかない。手術後、左後ろ足指の抜糸をした後も、彼女の足は完治しておらず、外出禁止令が出たままなのだから。

動物病院のペットホテルに、ミーちゃんを一〇日間、預かってもらうことにした。彼女はきっと不安と緊張の固まりになり、狭いケージに閉じ込められてストレス一杯になるだろうが、そんなホテル暮しに慣れてもらう以外にない。

山小屋に着いて二日目の夜のことだった。動物病院からスマホのLINEに、連絡があった。病院ではペットホテルにいる動物の様子を、飼い主に定期的にLINEで知らせるシステムが整えられている。これは有り難かった。

「ミーちゃん、だいぶ緊張していますが、ご飯も食べてくれますし、オシッコもウンチもしてくれました」。この文章とともに、添付されていた写真を見ると、周囲を警戒し、緊張しきっているミーちゃんの顔があった。食事をしてくれたら充分だ。ホッとした。写真を見ながら、わたしのいないところでは、こんな顔をしているのだ、と新鮮な気分になった。ニンゲンを信用しない野良猫の目つきである。よろしい。

それから、すっかりミーちゃんのことを忘れてしまった。わたしは毎朝、山の斜面にある石窯に火を入れて、窯の内部の温度が四三〇度近くになるまで、薪《まき》を燃やした。その温度がピザを焼くのに最も適しているのだ。いったん四三〇度になると、今度はなかなか下がらない。やがて、ゆっくり三〇〇度近くまで下がると、サンマでもステーキ肉でも、遠赤外線の効果で、驚くほど美味しく焼ける。

石窯は山小屋仲間のエンジニア、タケさんの設計。地下を二メートル掘ってコンクリートの基礎を造り（そのくらい地下を深く固めないと、標高一三〇〇メートルの冬の霜柱の力は強く、建造物を傾けてしまうのだ）、基礎の上に浅間山の火山岩を積み上げて台にした。ドーム式の石窯はその上に載っている。

すべて山小屋仲間が一年がかりで手作りしたものだが、ピザ専門店の窯と同じくらいの大きさで、温熱効果が抜群にいい。極寒の冬は、窯の入り口を開けておくと、ストーブの代わりになる。薪は山で伐採したブナやナラを使う。近くの温泉旅館「鹿沢館」のトキザワさんが、毎年、大量に間伐し、幹を「玉切り」（丸太）にし、山小屋の斧を使って割ってくださるのだ。

この石窯を囲うために、モンゴルのパオを模した木組みの小屋を造った。山小屋仲間の屋根屋のトクさんが棟梁《とうりょう》となって造ってくれた。この小屋の柱は、山から切ってきた自然木の曲がり具合を利用している。夏は柱の間を風が吹き抜けて涼しい。今年の冬は、農業用の透明なビニールシートを二重にして（村の農家、「孀恋百姓」を自称しているキー坊さんから、モロッコインゲン用のものをいただいた）、柱から柱へ巡らせて壁にした。つまり、わが山小屋の工事や設備は、ほとんどお金を使っていないのである。

ビニールシートで囲ったおかげで、山に雪が降っていても、寒さをしのぐことができる。そこにたくさんのニンゲンが入ると、まるで博多の中洲の屋台そっくりの風景になるのだ。近くにあるスキー場で一日中スノーボードで遊んでいた友人と子どもたちは、夕方戻ってくると、山小屋の新館（宿泊棟）に入らないで、火を求めて、まず最初に石窯のまわりに集まった。

ミーちゃんはどうしているかな。長い山小屋滞在から東京に戻ってきて、すぐに動物病院のペットホテルに引き取りに行った。おとなしい。

ここでの生活に慣れ始めたようだ。左後ろ足指の傷口や、包帯を取ろうとして舐め続けて毛が抜けた太股にも、うっすらと白い毛が生え始めていた。凄《すご》い勢いで回復しつつあるのだ。「もう、エリザベスカラーは必要ありません」と医師は言った。よかったね、ミーちゃん。

手術入院とホテル暮しという経験をしたミーちゃんが、自宅に戻ってきて最初にやったのは、部屋中の隅々の匂いを嗅ぐことだった。それからわたしに「ミー、ミー」と鳴いて甘えだした。抱いて膝の上に載せ、背中を撫ぜてやると、両眼をつむったまま、ゴロゴロと小さな喉音を立てて、いつまでも動かない。

そんなことは、これまでなかったことだった。以前までの彼女は、わたしの膝の上に載ることを、一番嫌がったのだ。首筋をつかんで無理やり膝に載せても、爪を立ててすぐに飛び下りた。そんな野良猫特有の警戒心が、動物病院から戻ってきて、なくなった。あるいは薄まったのだ。これは親として、とても嬉しいことで、わたしはいつまでもミーちゃんを膝に載せて撫ぜ続けていた。

外出も自由にした。外に出て、最初に彼女が走っていった先は、彼女のお好みの紅葉の樹だった。気がつくとベランダから軽く飛んで、樹の上にいた。窓の外から、以前と同じように元気なミーちゃんが部屋に戻ってくる。どことなく嬉しそうな顔だ。思わず、ヨッ、女王！　と声をあげそうになった。

大家さんと猫

わたしがいま住んでいるアパートの大家さんのことである。彼女はいまも現役のシャンソン歌手で、昔、銀座七丁目にあった日本で最初のシャンソン喫茶「銀巴里」のコンクールで一等になったこともある。美輪明宏、戸川昌子、金子由香利らがデビューし、三島由紀夫や吉行淳之介、寺山修司などが出入りしていた。銀座七丁目にはいまでも、「元銀巴里跡」と記した小さな碑が立っている。一九五一年から九〇年まであったお店だ。

大家さんは以前にも書いたことだが、美智子上皇后と同い年である。大家さんは某電機会社の重役の末娘として生まれ、小さいときから歌が好きだった。高校時代からシャンソンを歌い始め、そのとき同級生だったのが正田美智子さんだった。成績抜群でスポーツもうまく、ピアノも上手だった。高校時代は美智子さんを専属ピアニストにして歌っていたという。

十数年前、引っ越し先を探していたとき、大森駅前の不動産屋の店先の張り紙で、いまのアパートを見つけた。わたしが理想としていた広さの部屋ではなく、ちょっと狭かった。まあこれは無理かな、と思いながら、念のために現地を訪ねたのだった。住所をたよりに現地まで行ったのだが、どこにもアパートらしきものはなかった。番地通りの場所には、道路に面して大谷石を積み上げた高い壁があり、その壁には赤い鉄の扉があった。何も書いていない。個人の住宅の裏、という雰囲気だった。わたしがうろうろしていると、いきなりその扉が開いた。かっぷくのいい老女がそこにいた。それが大家さんだった。

扉の向こうに地中を掘った煉瓦の階段が上に続いて、その途中に中庭があり、さらに階段を登ると広いベランダ付きの部屋があった。ここは二階で、一階に大家さんが住んでいるのだ。もともとは二階建て住居だったのだが、大家さんの母親がシャンソン歌手になった彼女の行く末を案じて、三階建てにし、二階と三階をアパートに改造したのだった。

その二階の部屋を見せてもらったのだが、高台にあるので窓から見える景色もよく、部屋も綺麗だった。しかし、案の定、この広さではわたしの蔵書が入らないとすぐにわかった。断ろうと思った。いつ切り出そうかと迷っていたら、大家さんはわたしの職業を聞いてきた。こんなとき、「詩人です」などと言うと、これまではたいてい断られた。収入不安定だと判断されるからだ。他にも検討されている方がおられて、と言われるのだ。だからわざと断ってもらうことを狙って、「詩を書くのが仕事です」と正直に言った。

「どんな詩？　歌謡曲？」

「いいえ、現代詩です」

それを聞いて、大家さんはしばらく黙った。そして、

「あなたは、ここに住むべきです」

わたしの眼を見て、宣言するように言ったのだった。驚いて、でも、ここでは狭すぎてわたしの本が入らないのです、と言うと、

「ニンゲンには、モノの捨て時というものがあります。いまがそのとき

です」

と言うのである。

わたしがなおも迷っていると、「ちょっと待って」、と言って彼女は一階に降り、大きなアルバムを持ってきた。彼女の小学時代、中学、高校時代、そして日劇ミュージカルのダンサーとして、踊り、歌っていた時代、「銀巴里」時代、というふうに、若いときの彼女の写真がたくさん貼られていた。一枚ずつ説明を受けながら、わたしは、ふと、

「若いときは、綺麗だったんですね」

と、洩らしてしまった。

彼女はその言葉を聞いて、憤然として、こう言ったのである。

「若いとき？　わたしのモットーを言います。名もなく、貧しく、美しく！」

最後の「美しく！」は、シャンソンの歌詞のように朗々とした声だった。

わたしは笑い転げ、このときから、彼女のマインドコントロール下に

入ってしまったのだった。わたしは結局、彼女と契約した。部屋に入りきらない大量の本を古書店に売り、捨てることができない本を友人に頼んで保管してもらい、何とか部屋に入るだけの本を残した。

中庭は手入れがされず、荒れ放題だったので、樹木の枝を切ったり、水仙やチューリップを植えたりした。秋になるとケヤキや紅葉の木から大量の枯葉が道路に落ち、春になると梅の花が落ちる。日々、道路の枯葉や花びらの掃除をするのもわたしの役目になった。大家さんは、夜と昼が逆さまの生活をしていて、なんにもしないからである。

あるとき、中庭の隅に小さな小屋があって、その窓辺にツタがまとわりつき、先端が部屋の内部にまで入り込んでいるのに気づいた。大家さんに聞くと、小屋の中には昔からの彼女の舞台衣装が収められてあるという。「一〇年くらい開けたことがないわ。見るのが怖い」と言う彼女に、掃除をしましょう、と言って鍵を開けてもらった。

驚くべき光景があった。何百着かの派手な舞台衣装が、透明なビニールシートをかぶせられて部屋一杯に吊り下げられ、その上に窓から入ってきたツタが、うねるように巻きついて、衣装の上で葉を繁らせていたのだ。見たことのない、シュールな光景であった。

「ニンゲンには、モノの捨て時というものがあります」と、わたしに言ったのは、誰だったのか。

わたしがそのことを言うと、「モノって、なかなか捨てられないのよねえ」と、大家さんはのうのうと答えたのである。

そういうヒトだから、野良猫たちが中庭で遊んでいても、二階のベランダを通過しても、一階の天井裏で子猫を産んでも、まったく気にしないのだ。ひょっとしたら大家さんは「大猫」か。いまも、ツイラク・ミーちゃんは、ときどき大家さんの縁側で寝ている。

アイルランドの猫

アイルランドに行ってきた。ツイラク・ミーちゃんは東京で留守番である。

アイルランドでわたしの英訳詩集が出ることになって、その刊行を記念した詩の朗読会に出かけたのだ。詩集の英訳をしてくださったアイルランド文学者の大野光子さん、栩木《とちぎ》伸明さんと一緒だった。出発前に、お二人が詩集の出版社や現地の詩人、ポエトリー・アイルランド（アイルランド詩人協会）の事務局、ゴールウェイ国際文学祭の主催者たちと、周到に打ち合わせ、準備してくださったおかげで、ゴールウェイとダブリンでの合計三回の朗読会（もちろん、わたしは日本語で詩を朗読する）は、どの会も盛況で、終わると詩集にサインを求める行列が続いた。わたしは「なぜ？」と驚いてばかりいた。聴衆のなかには、買ったばかりのスプーンをわたしに渡して、その領収書の裏に「I decided. You are

Amazing!」と走り書きしてプレゼントしてくれたルーマニアから来た女性もいた。わたしは目を丸くした。日本での詩の朗読会で、こんなに強い反応が返ってきたことはなかったからだ。

アイルランド人は詩の朗読やケルト・ミュージックなど音楽のライブ演奏を聴くことに慣れている。だから、この国で詩を朗読するのは怖いことなのだが、聴き上手でもあって、そのことによって朗読者は育てられる。ノリがいいのだ。大野さんも栩木さんも、朗読会では司会や英訳詩朗読をしてくださって、舞台では三人が当意即妙の会話をして、息もぴったり。会場を沸かせることができた。

詩集のタイトルは『Sky Navigation Homeward（ふるさとへの天空航法）』。わたしはアイルランドを初めて訪れた一九九四年以降、この国の詩人たちから大きな影響を受けてきた。なかでも最も影響を受けたのは、女性詩人として国際的に評価されているヌーラ・ニー・ゴーノルさんの作品だった。彼女はアイルランド語（ゲール語）で詩を書く。詩のなかでは、かつての神話と現代の風景が重なり合って、つねにさわやかな、力強い言葉の風が吹いている。力強いのは、英語という言語の抑圧に抗していることと、男性社会の女性差別に対抗しているからだ。「神話というのは、昔は家庭のものだったのよ」と教えてくれたのは、ヌーラだった。もともとはどの家庭にも、神話があった。それをいつのまにか、国家が奪ってしまった。それを取り戻さなければ。それが詩人の仕事。

というふうに、一九九九年、彼女に案内されて、いまもゲール語しか話さない彼女の故郷、ディングル半島までの旅をしたとき、ふいに、教えてくれたのだった。彼女の詩のなかに登場する海も山も、動物さえ、神話のなかから立ち上がる。わたしの英訳詩集には、そんな彼女に捧げた詩も収めてある。

だから、詩集のタイトルにある「ふるさとへ＝Homeward」は、日本人としてのわたしの故郷である大阪も含むが、それよりも大きいのは、アイルランドが教えてくれた詩の言葉の源のことでもあった。わたしの詩の言葉は、アイルランドに出会ってから、神話を取り込むことが多くなったのである。

ダブリンで出来上がったばかりの詩集を受け取った翌日、わたしは大野さんと栩木さんに連れられて、ヌーラに会いに行った。彼女は現在、闘病中なのだ。昨年（二〇一八年）、ポーランドで国際文学賞を受賞し、その授賞式に出席したとき、突発的に脳梗塞に陥り、緊急帰国。そのまま入院。それ以来、何度メールをしても連絡がとれない、と大野さんは言っていたのだが、ダブリンから連絡すると、どうぞお出でください、とのこと。幸い自宅での面会は可能だった。

ヌーラの家の前まで行くと、以前訪ねたとき繁っていたローズマリーが、驚くほど大きな茂みになって白い花を咲かせていた。彼女は外出するとき、いつもこの葉の一枚を摘まみ、香りを身につける、と言っていた。そのことが忘れられず、わたしは東京の自宅のベランダにも、ローズマリーの鉢を置くようになった。

リハビリの効果があったのだろう、ヌーラは表情もしっかりしていて、元気になっていた。英訳詩集の一冊を、最初に彼女に手渡した。久しぶりの歓談が続き、彼女がニコニコしながらわたしの詩集を読んでいたとき、ふと窓の外を見ると、庭に置いたゴミ箱の上に、白と黒の毛並みの猫がこちらを向いて静かに坐っているのに気がついた。「トムトム！」と彼女は言い、彼女の長男がガラス戸を開けた。雄猫のトムトムは、そのままリビングルームのソファに坐って、黙ってわたしたちの会話を聞き続けた。どうもヤツはいつもこのようにして、ヌーラを見守っているらしい。背後にあるクッションには、猫の絵が描かれていた。

病気になってから、この猫がどんなに母親を慰めたか、そのことでどれだけ精神的に助けられたか、長男は何度も何度も、猫に助けられた、と言った。「介護猫というのは日本にもいますか？」、「います」とわたしは答えた。そんな会話をしていたとき、アニメーターをめざしているというヌーラの娘さんが、トムトムを描いた油絵を持ってきてくれた。猫と並べると、そっくりなのが可笑《おか》しかった。

そのうちに、外から若いキジ猫が入ってきた。「パーリー」という名

好評既刊

本を読めなくなった人のための読書論

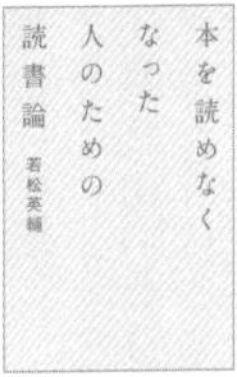

若松英輔 著　B6判変型／184P

本はぜんぶ読まなくていい。たくさん読まなくていい。多読・速読を超えて、人生の言葉と「たしかに」出会うために。本読みの達人が案内する読書の方法。

1,200円＋税

歴史がおわるまえに

與那覇潤 著　四六判／392P

虚心に過去を省みれば、よりより政治や外国との関係を築けるはず——そうした歴史「幻想」は、どのように壊れていったか。「もう歴史に学ばない社会」の形成をたどる。

1,800円＋税

死んだらどうなるのか？

死生観をめぐる6つの哲学

伊佐敷隆弘 著　四六判／280P

だれもが悩む問題「死後はどうなる？」を宗教・哲学・AIについての議論を横断しながら対話形式で探求する。あなたはどの死後を望みますか？　1,800円＋税

中国 古鎮をめぐり、老街をあるく

多田麻美 著　張全 写真　四六判／280P

天空に浮かぶ村「窯洞」、昔日の反映を今に遺す城壁の街……。北京でも上海でもない、昔ながらの暮らし、独特な文化が残る町や村の移りゆく姿を丹念に描いた味わい深い紀行エッセイ。

1,900円＋税

黄金州の殺人鬼　凶悪犯を追いつめた執念の捜査録

ミシェル・マクナマラ 著　村井理子 訳　四六判／460P

1970−80年代に米国・カリフォルニア州を震撼させた連続殺人・強姦事件。30年以上も未解決だった一連の事件の犯人を追い、独自に調査を行った女性作家による渾身の捜査録。

2,500円＋税

好評既刊

抽象の力
岡﨑乾二郎 著
名著『ルネサンス 経験の条件』から17年――。近代芸術はいかに展開したか。その根幹から把握する、美術史的傑作。第69回芸術選奨文部科学大臣賞（評論部門）受賞。
3800円＋税

「反緊縮！」宣言
松尾匡 編
人々にもっとカネをよこせ！ そうこれは新たなニューディールの宣言だ。日本の経済・社会を破壊した「緊縮」財政主義を超えて、いまこそ未来への希望を語ろう。
1700円＋税

今すぐソーシャルメディアのアカウントを削除すべき10の理由
ジャロン・ラニアー 著　大沢章子 訳
蔓延するフェイクニュース、泥沼化するネット依存を断ち切るため、ついに決断を下すべきときが来た！ 著名コンピュータ科学者が指し示すソーシャルメディアの闇と未来。
1800円＋税

で、オリンピックやめませんか？
天野恵一／鵜飼哲 編
「国家的イベント」に、問題はないのか？ 18の理由をあげて、大反対。ダメなものに、きちんと声をあげる、真摯な提言集。
1600円＋税

日米同盟のコスト
自主防衛と自律の追求
武田康裕 著
米軍の抑止力の一部を「自己負担」するといくらかかるのか？〈同盟〉と〈自主・自律〉の問題を数字の観点から考える一冊！
2500円＋税

天使はブルースを歌う
横浜アウトサイド・ストーリー
山崎洋子 著
横浜には、訪れる人も少ない外国人墓地があり、戦後、八百体とも九百体ともいわれる嬰児が人知れず埋葬されたという。一体何があったのか。
1800円＋税

女たちのアンダーグラウンド
戦後横浜の光と闇
山崎洋子 著
戦後、日本人女性と米兵の間に生まれた子どもたち、経済成長の陰で地を這うように生きた「女たち」はその後どんな運命をたどったのか。
1800円＋税

最後の手紙
アントニエッタ・パストーレ 著　関口英子／横山千里 訳
別れた夫の思い出のみを胸に戦後を生きた女性。その遺品の手紙が語り出す、悲しい真実とは。村上春樹作品の翻訳者が綴った感涙のノンフィクション・ノベル。
1900円＋税

江戸文化いろはにほへと
粋と芸と食と俗を知る愉しみ
駒形どぜう 六代目 越後屋助七 著
江戸の香りを今に伝える浅草の老舗どじょう屋が30年余にわたって開催してきた講演サロン「江戸文化道場」。200回を超えるその中から選りすぐりの江戸噺をまとめた入門書！
1600円＋税

東京凸凹散歩
大竹昭子 著
1800円＋税

前の雌猫である。「トムトム」はともかく、「パーリー」の名の由来は？　と聞くと、娘さんは猫の鳴き声からつけたと言う。「鳴くじゃない、猫は。パルルルルル、プルルルルル、って」

ほんとう？　そんな鳴き声は聞いたことがない。「meow（ミャオウ）」というのが英語圏での猫の鳴き声だと思っていた。「いいえ、猫は、パルルルルと言います」

後でわかったのだが、「パルルル」というのは、猫が喉を鳴らすときの「ゴロゴロ」という音のことだった。英語圏の人々にとって、「ゴロゴロ」は「purrr（パルルル）」と聞こえるらしい。そういえば、そうも聞こえるな。ミーちゃんも似た音をときどき出す。

TomTom.

パンガー・バーンという猫

ツイラク・ミーちゃんがベッドの上でじっとこちらを見ている。何を考えているのか。というよりも、ヤツはこちらがいま何を考えているのか、何をしようとしているのかをじっと観察しているのだ。ミーちゃんの葡萄玉《ぶどうだま》のようなうす緑の両眼のなかに、わたしが映っている。そんなときだ。いっそ、猫になりたいと思うのは。

猫は謎めいている。いや、謎めいていると思うのは人間のほうだけで、猫自身にはこの世に謎など何もない。耳を掻き、舌で自らの毛を舐め、わたしの顔を見て、ゆっくりとあくびをする。目の前にあるものだけを見つめている。未来のことなど考えない。うらやましい！

猫と人間は昔からそんな関係をずーっと続けてきた。ということを知ったのは、アイルランドの首都ダブリンにある国立大学トリニティカレッジの翻訳センターで、面白い冊子を見つけたからだった。

「Translating 'pangur Bán'」というタイトル。「パンガー・バーン」という名前の猫についての短い詩を、古いアイルランド語の原詩から始まって、イタリア、トルコ、ドイツ、ポルトガル、オランダ、エストニア、スウェーデン、チェコ、カタロニア、スコットランド・ゲーリック、デンマーク、ハンガリー、フランス、フィンランド、ルーマニア、イギリス、リトアニア、ポーランド、ノルウェイ、スペイン、ロシアなど、二一カ国の言語で翻訳した冊子だった。本文が始まる前の頁に、猫の絵があった。トリニティカレッジの図書館には、九世紀に成立したとされる装飾写本『ケルズの書』が展示されているが、その装飾文様を模した猫の絵である。

『ケルズの書』は、一度見たらその美しさが眼に焼きついて忘れられない。かつてのアイルランドはケルト族が支配していたが、彼らは文字を持っていなかった。日本が中国から文字を移入する前にそうであったように、言霊《ことだま》を大事にしていた。ケルト族の信仰は、すべて口頭伝承の世界で生きていた。しかし、五世紀の初めに、聖パトリックがキリスト教をもたらすと、急速にそれを取り込んだ。各地に修道院が建てられ、アイルランドはヨーロッパにおける学芸と信仰の中心地になって「聖人の島」とも呼ばれるようになった。折しも写本文化が栄えていた。古い書物を修道士が書写し、それを挿絵で装飾する文化である。とりわけケルト修道院での写本芸術は絶頂を極めた。『ケルズの書』はそのなかでの最高峰に位置する大判の装飾写本だ。聖書の四つの福音書のラテン語写本である。

文字のひとつひとつを装飾し、全頁を豪華な装飾頁にしたり、動物や渦巻文様の植物などを文字のまわりに巻きつけたりした。言葉が躍動するように装飾されているのだ。わたしは初めて『ケルズの書』に出会ったとき、いかにケルト族が人間の言葉を文字化することに違和感を持っていたか、静止して動かない文字を嫌っていたか、文字が削ってしまっている声や音を復活させたいと願っていたかを、その精緻な渦巻文様のなかに、ひたひたと感じた。静止して動かない文字の背後には声や音がある、ということを、それらは告げているようだった。

しかしそれにしても、なんという膨大な時間を費やして修道士は聖書を書写し、文字を装飾したものか。キリスト教布教の情熱がいかに強かったとはいえ、日々、薄暗い修道院のなかで、もくもくと書写する生活は辛かっただろう。いや、文字を装飾しているうちに芸術家の魂が沸き出したかもしれないし、そのときはきっと幸福感に満ちたに違いない。しかし、書写し芸術作品として素晴らしいページを作っても、製作者である彼の名前は残らない。どんな心境だったのか。修道士たちは聖書だけではなく、文法の本やさまざまな古典書も書写した。

その書写したページの余白に、突然、猫の詩が登場する。おそらく修道士が飼っていた猫である。九世紀当時の修道士が、ある写本の余白頁に、退屈まぎれに書いた落書きの詩。それが「パンガー・バーン」と題した猫の詩なのだ。この落書きが発見されてから、超有名な猫になったらしい。なにしろアイルランド語からヨーロッパ全土にわたる二一カ国

「Translating 'Pangur Bán'」(Trinity Centre for Literary Translation, 2017)

語に訳されているのだから。栩木伸明訳でその一部を紹介する。

パンガー・バーン

わたしと相棒のパンガー・バーン
それぞれが天職を追究している
こっちが手を動かしているあいだ
あっちは狩りに余念がない

（中略）

鋭い爪でネズミを捕らえ
もがく手応えに狂喜する猫
難問がついに解けたときには
こっちも負けずに狂喜乱舞

こんなふうに暮らしているけど

お互い邪魔することはない
それぞれ自分の仕事を愛し
自分の道を楽しんでいる

あっちは毎日腕を磨いて
狩りの達人になるのが仕事
こっちは難問を考え抜いて
真理の光にさらすのが仕事

猫も自分も天職をまっとうしている。猫はネズミを、自分は真理を、ともに捕らえようとしている。てんでばらばらに、幸福なのである。

うちのミーちゃんは、どうなのか。家のなかにはネズミがいないので、もっぱら夏になると窓から飛び込んでくるセミを捕らえることに夢中になっている。文字を書写する必要がない時代。いましもヤツはわたしの机の横にあるコピー機の隙間にもぐりこんで、わたしの仕事を邪魔しようとしている。

それは恋なのか？

どうも怪しい。ツイラク・ミーちゃんは避妊手術をしているから、もはや発情することはないのだが、彼女を追いかける雄の黒猫がいる。全身真っ黒で実にしなやかな動きをする。近所の家の庭にある室外機の上で昼寝をしていることが多い。明らかに野良猫である。

昨年（二〇一八年）末、ミーちゃんが左後ろ足に大怪我をしたとき、わたしはてっきり、この黒猫に追いかけられて、慌てて逃げたときに怪我をしたのではないか、と思った。だから、ひそかに黒猫を憎んでいた。

「クロめ！」

名前なんか、「クロ」以外に付けようがない。わがアパートの二階のベランダは、野良猫たちの通路になっているので、彼もときどき現れるのだが、姿を見かけると追い出した。ヤツの顔を見ようともしなかった。ところがあるとき、外出から帰ってくると、ミーちゃんの出入り口用にいつも小さく開けておく窓を、外から見上げているクロがいた。ベランダでじっとしていて、わたしが帰って来たことを気づいているはずなのに、逃げようともしない。

何を見ているのか、と思ってわが部屋の窓の中を見ると、ミーちゃんがいた。窓の下のベランダに坐っているクロと見つめ合っている。睨《にら》み合《あ》いではない。威嚇の声を出すのでもない。黙っている。

どういう心境なのだ？　これでは、まるでロミオとジュリエットではないか。

「どうしたんだ？」

とクロに声をかけた。ヤツは金色の丸い眼でわたしの顔を見た。あれっ、実に可愛い顔をしている。イケメンなのだ。

クロが登場するのは、このところ夜の十二時頃だ。工事中の隣の土地を、ギャオー、ギャオーと鳴きながらやってくる。この声を耳にしても、ベッドで寝ているミーちゃんは、ぴくりとも動かない。両耳を声のほうに向けているだけだ。

鳴き声が止んだので玄関を開けると、ベランダから逃げていくクロの後ろ姿が見える。ミーちゃんに会いに来たのか、あるいはミーちゃんの餌を狙いに来たのか。

午前三時頃、寝ていると、ギャオ、ギャオという声が窓のほうからする。ミーちゃんが鳴いているのか、と思うと、彼女はベッドで寝たままで、ギャオ、ギャオの声のほうを見ている。開けたままのリビングルームの窓から室内に入って、いままでミーちゃんの餌を食べていたクロが、出て行くところなのだ。餌箱は、カラッポになっている。

クロが室内に入ってきたときから、当然、隣の部屋にいたミーちゃんは、ベッドの上で気づいていたはずだ。しかし、追い出そうとしなかったし、威嚇の声をあげもしなかった。不安になって怯えることも、鳴いてわたしに知らせることもしなかった。どういう心境なのか。クロに対して何を思っているのか。

それにしても、他人の餌を盗みに室内にこっそり入ってきた盗賊猫が、食べ終わった後で、ギャオ、ギャオと鳴くのはどういうことなのか。黙って入って来て、まんまと餌をせしめたのだから、しめしめと、黙って出て行くべきだ、とニンゲンなら思う。

ギャオ、ギャオの鳴き声は人間に対してではない。あきらかに、ミーちゃんに挨拶しているとしか思えない。「ありがとさん！」とでも言っているようなのだ。

また、食われた！　とわたしは叫び、ベッドから飛び起きて、窓を閉める。ギャオ、ギャオの声はベランダから遠ざかり、隣の工事中の土地を斜めに通りすぎ、やがて闇に消えていく。

午前六時頃、今度はミーちゃんが、小さな鳴き声で、ベッドのまわりを歩く。起きておくれ、オシッコに行きたい、窓を開けて！　と言っているのだ。

というようなことが続いて、わたしは夜中に二度は確実に起こされ、ほんとうに睡眠不足なのだ。

昼間、外にいたミーちゃんが、窓から突然、室内に入ってくる。ときどき、その後ろを見ると、クロがベランダにいる。ミーちゃんの後を追いかけてきたのだ。わたしが顔を出すと、一目散にベランダから姿を消す。

そのたびに、わたしが箱入り娘を取られないよう見張っている頑固親父のような気分になるのは、どういうわけだ。

まあ、いいか。うちの娘をいじめているのでなければ。

うちの「大猫」の物語

うちの「大猫」さんのことである。「大猫」はわたしが勝手につけている愛称で、わがアパートの大家さんのことである。シャンソン歌手の彼女について語りだすと、何もかもが可笑しくなる。

だいたい、アパートの名前がいい加減なのだ。不動産屋では「リラフラッツ」という名前だった。十数年前、わたしが転居の届けを区役所に出そうとすると、地図を見ていた係のヒトから、その住所のアパート名は「ミモザ館」です、と言われた。驚いて大家さんに電話をすると、「ああ、それは以前の名前ね。いいのよ、どちらでも。好きな名前にしておいて」と言われた。「リラ」にしても「ミモザ」にしても、宝塚歌劇に出てくるような名前だ。というわけで、わたしは「リラフラッツ」を選んだのだが、いまもそんなアパートの看板はどこにも掲げられていない。最近、大家さんと話をしていると、その名前さえ忘れているようだった。

引っ越してしばらくして、わたしは浅間山麓の山小屋に長く滞在していたことがあった。東京に戻ってきた深夜のことである。扉をトントンと静かに叩く音がする。時計を見ると、午前二時頃だった。こんな深夜に、誰が訪ねてくるのかと不審に思った。わたしはしばらく黙っていた。トントン、とまた静かに叩く音がする。

「どなたですか？」

「女狐です」

聞き間違いかと思った。

「え？　どなた？」

「女狐です」

大家さんの声であった。扉を開けると、真っ赤なスカートをひらひらさせた舞台衣装の彼女が、ベランダにいた。都内のどこかのライブハウスでシャンソンを歌ってきた帰りらしい。お化粧も衣装もそのままでやってきたのだ。酔っぱらっている。

「女狐です。ごめんなさい。この衣装を見せたくて」と言うのである。左手で日本酒の小瓶を持っている。その左手を差し上げて、

「あれ、どうして、こんなものがあるのかしら？」

と小瓶を見つめ、それからわたしのほうを向いて微笑んだ。シャンソンを歌っているようだった。

わかった、わかった。今晩はお酒をもう少し飲みたいのだ、ということがわかった。

というわけで、わたしは彼女をリビングルームに招き入れて、酒盛りをすることになった。大家さんが言うには、わたしが引っ越して来てすぐ、長く家を留守にしたままなので、どこかもう少し条件のいいアパー

トを見つけて、また引っ越してしまったのではないかと、気が気でなかったらしい。ところが、今晩、帰って来てみると、わたしの部屋に電気がついているので安心し、嬉しくなって、お酒を飲みましょう、ということになったというのだ。

翌日、酔いが醒《さ》めた彼女は、平身低頭してわたしに謝りに来た。二度と女狐になりません、と言うのだ。わたしは夜中に仕事をするので、今後は駄目です、と言うと、わかりました、と実に素直だった。「大猫」に戻って、ほんとうに反省したらしい。

それから一年ほどして、当時アパートの三階に住んでいた若い人形師とその夫人と一緒に、大家さんがシャンソンを歌う小さなライブハウスに招待されたことがあった。

店に着くと、暗い客席には、大家さんと同年代かそれ以上の年齢の後期高齢者たち、男性や女性を含むファンたちが十数人いた。彼女が歌の合間に挟むトークと、客席との掛け合いで、若いときからの長年のファンたちなのだな、ということがわかった。こういうシャンソンの世界があるのだということ。しかもひっそりと都内の片隅でコンサートが続けられていることに、わたしはひそかに感動した。

大家さんはフランス語では歌わない。わたしのシャンソンは日本語だけです、と誇り高く言う。声はよかった。彼女の歌を聞いているうちに、どこかで聞いたセリフがあることに気がついた。

その曲名は何だったのだろう。ずいぶん昔、若いときに別れた男と、主人公の女性がセーヌ川に架かる橋の上で出会うという物語。彼女は生活に疲れ、酔っぱらっていて、ワインのボトルを持って歩き、そのボトルを左手で差し上げながら、昔の男に向かって歌う。

「あれ、どうして、こんなものがあるのかしら？」

かつてわたしの部屋の扉を叩いて「女狐です」と言ったときの彼女のセリフは、このシャンソンの歌詞そのままだったのだ。

その夜は彼女がファンからもらった花束をいっぱい、わたしたち店子《たなこ》は持たされた。そして終演後、タクシーに乗って家まで全員で戻ったのだった。彼女を車に乗せ、花束を持って取り囲むわたしたちは、老ファンたちには、弟子か付き人たちと思えたに違いない。

駄猫ミーちゃんの幸福

駄猫である。ツイラク・ミーちゃんがわたしのベッドに寝ている。その寝顔を見ながら、ノドを撫ぜ、オナカを撫ぜ、首筋から尾っぽまでの背中を何度もさする。そのたびに彼女は寝返りを打って、だんだんわたしに近づいてくる。やがて小さな舌でわたしの手を舐め始める。それが彼女のお礼のシルシである。撫ぜるのはもういい、眠たいから、と彼女が思ったときは、両足でわたしの手を押しのけて遠ざける。そのとき、片目だけを開けて、わたしの様子を見ている。

ミーちゃんはいつもわたしの足元に寝ている。わたしのアタマのほうには寄ってこない。これまで飼った猫のなかには、平気で布団のなかに入ってきたり、わたしと枕を並べて寝るヤツもいた。しかし、ミーちゃんは絶対にそうしない。足元が好きなのだ。

眠るとき、あるいは目覚めたとき、この猫がいなかったら、わたしは寂しい。たんなる駄猫なのにこの世界でもっとも可愛らしい。気品がある。スレンダーな身体つきで、着ている毛皮がファッショナブル。などと考えながら、ミーちゃんを見ている時間が好きだ。

彼女がいなかったら、寂しいと言ったが、ほんとうにそうだろうか。ミーちゃんは野良猫出身だから、いつかいなくなるときがあるかもしれない。外出先で死んでしまうかもしれない。そのとき、わたしは歎《なげ》くだろうが、すぐに別の子猫を手に入れてしまう可能性がある。ミーちゃんは思い出だけになる。では、わたしの寂しいという感情は何なのだろう?

ミーちゃんの側から考えてみる(そんなことはできないのだが!)。彼女はわたしと一緒にいるとき、空気のようにわたしが彼女の横にいるのがあたりまえ、という顔をしている。しかし、わたしがいなくなったとき、彼女はヒトリで生きていく方法をすぐに編み出すに違いない。これは確実だ。それが猫だ。寂しいと思うかどうか、怪しい。そのお互いがヒトリヒトリ、という関係を見せつける猫という存在が、わたしはどうやら、たまらなく好きらしい。ただ、いま生きているだけで充分、という猫の世界の幸福。

四日間ほど、家を留守にして浅間山麓の山小屋にいた。山でも東京でも、大雨が降り続いた。大雨の東京に残してきたミーちゃんはどうしているだろう、と山小屋の窓から外を見ながら、一瞬、不安がかすめることはあったが、野良猫はニンゲンよりも強いのだ、とすぐに打ち消した。そして忘れた。

雨がまだ降り続くなか、夕方、東京に戻った。当然、ミーちゃんはどこにもいない。呼んでも戻ってこない。アパートの三階に住む猫好きの夫婦に、ミーちゃんの餌を託しておいたのだが、二階のベランダに置いた餌箱には、少量の餌が残っているだけだ。

しばらくして三階に住む奥さんが、わたしが託した餌袋を持ってやってきた。「あんまり三階まで上がって来なかったのですよ」とおっしゃった。餌袋を見ると、ほとんど減っていない。では、彼女はどこで何を食べていたのだろう。

いつもはわたしの部屋に電灯がつき、足音や物音が聞こえ、中庭に向かって彼女を呼ぶ声が聞こえると、一時間以内にミーちゃんは帰ってくるのだが、この日はいつまで経っても戻ってこなかった。雨は降り続いている。雨の間は、猫は外出を嫌がるので、たぶんどこかで寝ているのだろう。

六時間経っても、ミーちゃんは戻ってこなかった。このあたりで少々、不安になってきた。あらゆる悪い想像がアタマを駆けめぐる。車に轢《ひ》かれてしまったか。怪我をしたのか。死んでしまったか。しかし、かつてわたしが武蔵野の林のなかで七匹の猫とともに住んでいたとき、外出した一匹が戻ってこないまま一カ月経って、あたりまえのように戻ってきたこともあった。四日間くらい、猫はご飯を食べなくても平気なはずだ、などと、自分の心を落ち着かせた。

七時間経った。ふいに雨の止んだ中庭のほうから、ミー、ミーとかすかな声がした。二階のわたしの部屋に向かって呼びかける声だ。慌ててドアを開け、彼女の名を呼ぶと、ミーちゃんはゆっくりとベランダに上がってきた。

わたしの顔を見ないで、ドアの外から部屋のなかをうかがっている。背中がちょっと濡れているだけで、やはりどこかで雨宿りをしていたらしい。それから餌も食べないで、部屋の隅々の匂いを嗅いで、そのたびにミー、ミーと小さく鳴き続けた。安心したとき、甘えるときの声だ。やはりわたしの顔など、見向きもしない。背中を布で拭いて撫ぜてやる。よく帰って来たね、どこで何をしていたの？

それを言うなら、アンタこそ、どこで何をしていたのよ！　とニンゲンなら反論するだろうが、ミーちゃんはそんなことしない。撫ぜられて、ノドをグルグル鳴らしているだけだ。部屋の隅の餌箱に首を突っ込んでカリカリと餌を食べだしたが、少し食べただけで、いつもの猫鍋に入って眠りだした。空腹ではない。どこで何を食べていたのか謎である。

明け方、野良の雄猫クロが窓から入ってきた。ミーちゃん用の餌を食べ、どうしたことか、わたしのベッドの近くまで歩いて来た。そして、ミー、ミーと可愛らしく鳴いて、窓から外へ出て行った。いつものクロはギャオー、ギャオーと鳴くのに。ミーちゃんはベッドの上で黙って見送っている。

なるほど、この四日間、ミーちゃんは恋人クロと一緒にいたのかもしれない。心配するんじゃなかった。

夏の猫

ツイラク・ミーちゃんは夏になると、一日中、外にいる。風が吹く二階のベランダや、中庭の見える屋根の上で、優雅に昼寝をする。朝顔の花が風に逆らいながら咲いている。

花と緑の葉に囲まれて、三毛猫ミーちゃんが寝ている姿は、ただそこに、三色の雑巾が落ちているみたいだ。だが、よく見るとそれがゆっくり息をしている。眺めていると、生きものって、いいなあ、とわたしはただ単純に感動してしまう。

思わず微笑んでいるわたしがいる。あっ、わたしはいま、笑っているのだ、と気づくときがある。猫という小さな生きものがそうさせるのだ。このやわらかな固まり。

リラックスしている猫を見て、わたしがなぜ微笑むのかはよくわからない。ニンゲンは自分に似た表情やパフォーマンスをする動物を見ると、本能的に笑う生きものだ。猫がいなかったら、わたしは一日中、笑顔を見せることがほとんどないに違いない。

ミーちゃんが一番リラックスするのは、二階のベランダに出した寝椅子の上にわたしがいて、そのまわりに彼女がいるときである。広いベランダの周囲には網状のフェンスがある。そのフェンスに朝顔の蔓《つる》が巻きついている。フェンスの向こう側に、一階の屋根が少し出ていて、彼女はその上にいることが多い。そこからなら、いつもわたしの顔が見えるし、フェンス越しなので、適当な距離をとることができる。ニンゲンの近くにいたいが、ベッタリするのは嫌だ、とミーちゃんは考える。

彼女のいる空の上には、中庭の大きな枝垂れ紅葉の葉が繁っているから、夏の炎天下でも大きな影を作ってくれる。

中庭の樹木は、巨大なケヤキの樹を中心に、これも巨大な枝垂れ紅葉、そして年々大きくなるザクロ、梅の木などがある。ザクロはもう実をつけ始めている。ケヤキの樹の幹には、緑のツタが生い茂っていて、一面の色とりどりの緑の葉が、風に揺れる。その葉の一枚一枚が、夏になると肉感的になる。

都会の真ん中なのに、この空間に包まれていると、世の中からすべて絶たれているような心持ちになる。それでよいのだ、都会にいても、森の中にいるように生きる。そうすべきだ、と夏の植物たちは教えてくれる。

詩人

夜じゅうかれの家の窓に
明かりが灯っている。
山かげの森のなかだ。
灰色のフクロウが

狩りをする。ヤマネズミの
悲鳴が聞こえる——
大きな暗闇のなかの
そんな小さな声でも

かれには苦痛となる。
かれには一切が苦痛、
苦痛。新しい危害を
みんな引き寄せて

そうしなければ
ならないように
しょいこんで耐える。
かれは無だ。見張る

目そのものとなる。
かれらはそれを
知っているらしい——
ヤマネズミも、飛ぶ

フクロウも、森も、山も、
夜じゅう詩人の明かりの
静寂のまわりで
活動している。

アメリカの詩人、ヘイデン・カルースの「詩人」という作品（沢崎順之助、D・W・ライト訳）である。世界中の悲劇をしょいこんだようにして生きる、というのが詩人の仕事なら、フクロウもヤマネズミも、森も山も、詩人のフィクションのなかで、妖怪のように動きまわる。そして詩人なる者は、「無」そのものとして、「目」となって、その活動を見張る。耳をそばだてる。少々、詩人なる者をからかっている気味もあるのだが、わたしの好きな作品だ。

実際、わたしが浅間山麓の山小屋にいるときは、これとよく似た生活をしている。フクロウがヤマネズミを狙うだけではなしに、タカがウサギを狙い、クマやイノシシ、シカやキツネはしょっちゅう現れるから、わたしはいつしか森の中で、「目」となって見張っている。

そのとき、わたしには笑顔がないのである。ヘイデン・カルースのように「苦痛」とまでは言わない。ただ、驚き、だけがある。自然に対する驚きと、生命に対する畏敬だ。畏敬があって初めて、他者の痛みがわかる。

都会の真ん中で、アパートの中庭の樹木から森を想像しているとき、わたしは詩人なのか？　猫を見て微笑んでいるわたしは誰なのか？

山小屋で、霧のなかから突然現れたキツネと目が合ったとき、驚いたキツネは一瞬立ち止まり、わたしをふいに無視した。ふふふ。詩人なる者は、キツネや猫に比べれば「無」であることは確か。

都会においても、夏の夜じゅう、わたしの書斎の静寂のまわりで飛び回り、活動しているモノたちのなかに、やはり、ツイラク・ミーちゃんもいるのである。

猫の記憶

今年（二〇一九年）の夏の暑さは全国どこでも悲鳴をあげるほどで、東京は毎日三五度を超え、四〇度近くになる日もあった。朝起きると窓から熱風が入ってくる、と歎く声が聞こえ、カーペットに足をつけるとまるで暖房スイッチを入れたような温度になっていた、という友人もいた。というふうにヒトごとのように書いているのは、わたしはその間、浅間山麓の山小屋にいたからである。標高一三〇〇メートルの山小屋では、ほぼ二三度の気温。つねに気持ちのよい風が吹いた。ときおり大雨が降り、雹《ひょう》まで降る日があった。

それでも、今年の暑さは異常だ、と村のキャベツ農家の知人は言った。七月までは大雨が続き、キャベツの根が腐った。それが過ぎると猛暑が続き、キャベツの玉が小さくしか育たない。おまけに雹である。育てたキャベツの三分の一は、捨てなくちゃならない。こんなことは初めてだよ、という。

わたしは七月末から八月中旬まで、一七日間、山小屋にいた。こんなに長く山小屋で過ごすのは珍しい。長期間の留守なので、出発する前、ツイラク・ミーちゃんを山に連れて行くかどうか迷ったが、猫は冬の寒さよりは夏の暑さに強い。三階の猫好きの若夫婦と、一階に住む大家さんの知人の女性に猫の餌を託して、ミーちゃんを東京に残すことにした。

山小屋まで運ぶ荷物をベランダに出しているとき、ミーちゃんはベッドの上で寝ていて、これからわたしがどこかに行くのだ、ということに気づいていなかった。寝ている彼女を抱えて、ベランダに出したときには、外で涼みなさい、と言われたと思ったようで、ベランダの隅に行き、夢中でグルーミングを始めた。じゃ、バイバイ。ちゃんと餌を食べるんだよ、と声をかけたが、わたしの顔も見なかった。いつものように、ちょっと出かけるだけだと、安心しきっていたのである。

一七日間の留守を経て、自宅に戻ってくると、台風が近づいていたので、東京はいささか涼しくなっていた。ミーちゃんの姿はなかったが、何の不安も抱かなかった。ヤツは呼べば、すぐに帰ってくるという予感があった。大風が吹き続けた。雨は降っていないから、近くにいるはずだ。なにしろ、毎日、三階と一階で餌をもらっているのである。この家から遠くへ行くはずがない。

荷物の整理を終えた後、中庭の枝垂れ紅葉の枝が裏返るほどの大風のなかで、「ミー、ミー」と何度か叫んだ。風がわたしの声を遠くまで運んでくれるだろう。きっと聞こえる。そう思って、しばらくすると、わずか二分ほどで、ミーちゃんが返事をする声が聞こえた。中庭から二階へ上がる鉄階段の下にいた。こっちへおいで、と言ってもなかなか上がってこない。そのうちに、いきなりベランダまで走り上がってきた。そのままわたしの前を通りすぎ、猛烈なスピードでベランダのフェンスを乗り越え、屋根の上に行き、ミャー、ミャーと鳴きながら、ザクロの枝の蔭《かげ》に隠れて、姿を消した。

大風のなかを走る、生きものの力！　疾風のようだった。わたしが帰って来たので狂喜しているのだろうか？

おお、完全に野良猫に戻っている。ニンゲンには触らせない、ニンゲンを警戒する、野良猫特有のすばしこい動きである。鼻は傷だらけで、眼は鋭い。眼のまわりも汚れている。

ミーちゃんがなかなか部屋に入ってこないので、三階のご主人に聞くと、毎日、よく餌を食べに来ていたという。「怒っているんですよ。そのうちに部屋に入ってきますから」と言った。

狂喜しているのではなく、どうやら、今回はわたしの留守を本気で怒っているらしい。わたしがリビングルームにいると、ミャー、ミャーと鳴き続ける彼女の声が壁越しに聞こえた。外に出ると、いた、いた。二階と三階の間の、外壁の窪《くぼ》みに、じっと坐っている。その窪み近くには、リビングルームの天窓があり、網戸越しに部屋の気配を知ることができるのだ。よくそんなところを見つけたものだ。感心した。ここなら雨風はしのげるし、外敵にも大丈夫。三階に餌をもらいに行くにも、二階のわたしの部屋を見張るにも、格好の位置なのである。

窪みに坐ったミーちゃんは、わたしの顔を見て、鳴き続けるばかり。

近づいてこない。手を伸ばすと、後ずさりして、逃げる。そして、狭い窪みのなかで、オナカを見せてひっくり返ったりした。ここを撫ぜろ、と言うのである。そこまで手が届かないよ。

彼女が鳴いてもそのままにしておいた。やがて、わたしが書斎のパソコンの前に坐っていると、そうっと、彼女が入ってきた。足元でわたしを見上げて、ミャー、ミャーと小さく鳴いた。いつものミーちゃんである。わたしは手を伸ばして背中を撫ぜた。これが、最終的に彼女の怒りを鎮める、最後の儀式であった。そこから、一挙に、ミーちゃんは怒りを忘れ、普段に戻った。

彼女はお気に入りのコピー機の原稿給紙トレイの上に飛び乗り、丸くなって眠りだした。コピー機のトレイは、原稿を差し込むと、自動的に紙を吸い込むように斜めになっているが、このトレイの角度が寝るのにちょうどいいのだ。しかし、ミーちゃんの尻尾や足指の先端がしょっちゅう、トレイのセンサーに触れるので、コピー機はときどき、原稿が差し込まれたかと誤解し、運転開始のアイドリングを始める。困ったものだ。しかし、お気に入りの場所を再発見したとき、彼女はもはや、わたしに対して怒っている理由さえ、忘れてしまったのである。

怒っているミーちゃんは、本能的な獣だった。怒りがおさまるまでの時間は、獣から家畜(家猫)になるまでの先祖からの遺伝子の記憶を、なぞっていたのかもしれない。

わたしが戻ってきた翌日、一日中、ミーちゃんは部屋で眠り続け、外に出て行かなかった。二日目にはじめて、窓から外に出た。トイレに行ったらしい。すぐに戻ってきた。わたしにまといつき、眼が合うたびにミャーと鳴くようになった。昼間、眠っていても一時間に一度は、ミャ、ミャと鳴いてわたしを呼ぶ。

彼女はいつかまた、わたしに黙って消えてしまわれたら、たまらない、と思っているのだろうか。しかし、猫にどこまで、過去の記憶が残るのだろう?

次回、長く山小屋に滞在するときは、ミーちゃんを一緒に連れて行こ

うと思う。そのためには首輪をつける必要がある。キャリーバッグのなかで、ヤツは暴れるだろうな。

その手を噛むよ！

冷蔵庫の扉を開けると、いつのまにか足元に、先程までコピー機の上で寝ていたはずのツイラク・ミーちゃんが坐っている。扉が開く音に気づいて、何か食べ物をもらえると思ったのだ。何もないよ、今日は。と言っても、その場を動かない。しかたがないので、料理用のカツオブシの小さな袋を開けて、皿に入れて出すと、またたくまに舐めてしまう。「猫にカツオブシ」という諺《ことわざ》があるが、どうしてこんなにカツオブシが好きなんだろう。

リビングルームで遅い朝食兼昼食をとっていると、隣の書斎のドアを首で押し開けて、眠そうなミーちゃんが顔を出す。わたしが坐っている椅子の足元で、しばらくぼんやり、閉じたままの玄関のドアの方向を見ている。外出したいのだろうか、と思う。そのうち、いつのまにか、わたしの動いている口元をじっと見上げている猫の両眼に出合う。そのマスカット色の二つの瞳を見ていると、彼女が外出する前に、また、何か食べ物をあげずにはいられないではないか。

と思えば、椅子に坐ったわたしのふくら脛《はぎ》に、尻尾をわずかに巻きつけてくる。あるいは、額をこすりつけてくる。ミーちゃんのニンゲンに対する最大の親愛の情の示し方だ。空気のカタマリのように、いまここにいるよ、というサインだ。

椅子から手が届く限り、彼女のアタマを触り、背中を触る。両眼を閉じて、小さく喉をゴロゴロと鳴らしている。こちらが飽きて手の動きを止めると、垂れ下がったわたしの手に右の頬をこすりつけ、次に左の頬をこすりつける。自分の匂いをわたしの手につけているのだ。

何度もそれを繰り返すので、いい加減にしなさい、とミーちゃんの尻尾をつかんでひっぱってやる。彼女は前足の爪で床をつかんで、逃げ出そうとする。そして、いきなりふり返って、わたしの手を噛む。おお、獣！

狐

ああ　ちっちゃな赤狐
赤　あか　まっかっか
なぜか　おまえは　今も気づいていない
どんなに遠くまで逃げても
おまえがたどりつくのは
結局　毛皮屋の店先

わたしたち詩人だって
おまえと変わりはしない
ジョン・ベリマンのいうのには
ゴットフリート・ベン曰く
詩人の僕ら　皮膚を壁紙に使う
そして結局　負けるのが定め

でも　これは毛皮屋への警告
汝　心せよ
今　手の中にいるのは
おとなしい野兎なんかじゃない
山から下りてきた
赤毛の狐
餌をくれる手を
噛むんだよ　わたしは

ヌーラ・ニー・ゴーノル、大野光子訳

アイルランドの詩人ヌーラ・ニー・ゴーノルが猫好きであることは、「アイルランドの猫」の章でも紹介したが、彼女が狐について書いた詩である。小さな赤狐はどんなに逃げても毛皮屋につかまって、その皮を店先に吊るされる。詩人も一緒。自分の皮膚を壁紙にするように、皮膚に詩を書く。そのことによって、この世に勝つわけではないけれど。でも、世の中の毛皮屋（あるいは権力者たち）よ、注意しなさい。あなたたちが餌をやって、手なずけたと思っている赤狐は、その手をいきなり、噛むよ！

ヌーラは小さいころ赤毛だったため、からかわれることが多かった。冒頭の二行はアイルランドの童謡から取られている。「ああ　ちっちゃな赤狐／赤　あか　まっかっか」という歌をうたって、仲間からいじめられたらしい。わたしはツイラク・ミーちゃんがわたしの手を、半ば本気で噛むとき、この詩の赤狐と一緒だ、と思い返す。

わたしが子どもの頃、町に「猫取り」がやってきた、という噂《うわさ》が広がるときがあった。その日からしばらく、いっせいに町から猫の姿がなくなった。猫の皮は三味線に使われるらしい、と子どもたちは囁《ささや》き、わたしたち悪童は、声をかけあって、その怖い「猫取り」を探しに町中を歩き回ったが、ついに見つからなかった。

「猫取り」という言葉は、ドイツのグリム兄弟が伝えた物語「ハーメルンの笛吹き男」と同じように思えた。笛吹き男は、最初はネズミを退治するために町に雇われ、笛を吹いてネズミを誘い、川に溺れさせて退治した。しかし、約束していた報酬がもらえなかったので、今度は笛を吹いて町中の子どもを連れ去り、洞窟に閉じ込めた誘拐犯である。

「猫取り」を怖がりながら、その捕獲の現場を探そうとした子ども時代のわたしは、「ハーメルンの笛吹き男」に誘われたドイツの子どもたちと同じだったかもしれない。笛の音色に魅力を感じただけではなく、恐ろしいものを見たいと思って、ついていったわたしのような子どももいたに違いない。

日本の三味線は猫皮と犬皮を使っているが、現在は、そのほとんどが海外からの輸入だという。どこの国の猫の皮だろう。可哀そうだが、猫の皮は犬の皮より薄く、三味線はやさしい音色を奏でるのである。

台風と猫とカトマンズ

真夜中、猛烈な嵐が近づいてきた。九月、東京湾を直撃し、千葉市に上陸した台風一五号だ。最大瞬間風速五七メートルから五八メートルという、稀に見る激しい台風だった。

都内大田区にあるわたしのアパートは東京湾に面した高台にあるので、中庭に鬱蒼と繁っているケヤキや枝垂れ紅葉の枝は、強風にあおられて、いまにもちぎれるかと思うほど激しく揺れた。

二階のベランダには吹きちぎられた小枝が次々と飛んできて、足の踏み場もないくらいだ。玄関の扉を少し開けて外の様子を覗いていると、ツイラク・ミーちゃんもわたしの足元で、外の様子をうかがっている。出てみる？　彼女のお尻をふざけてちょっと押してやると、すぐさま部屋のほうへ逃げ帰った。たぶん、外に出たら小さなミーちゃんは、たちまちのうちに吹き飛ばされて空を飛んだに違いない。後に新聞記事で知ったのだが、世田谷区で五〇代の女性が強風にあおられて壁に頭を打ちつけたことで死亡したらしい。

猫は何よりも音を怖がる。徐々に大きくなる風の音。路上を何かが飛ぶ音。外階段の目隠し用に張り付けてある塩化ビニール製の波板が、バタバタと一晩中、鳴り続けた。

部屋のなかでミーちゃんは寝ようとしない。ミー、ミーと小さく鳴きながら、わたしの近くで坐っている。眠いので、彼女をそのままにしてベッドで寝ていると、突然、バキッと大きな音がした。波板がついに破れてしまったらしい。驚いたミーちゃんは、いきなり飛び上がって、部屋の隅にあるハンガーラックに掛けた洋服の下に駆け込んだ。

午前三時頃、わたしはリビングルームの椅子に坐ることにした。ミーちゃんを安心させ、わたしも安心するためには、起きている以外にない。午前五時前後になって、風音は静まりだした。台風の中心がいま上陸したのだな、ということがわかる。

それから、わたしとミーちゃんはそれぞれの寝場所に戻り、眠りについた。千葉県の各市町村は家屋の損壊が多く、東電の鉄塔や電柱が倒れ、停電があり水道が止まり、大きな被害にみまわれたが、わが家はとにかく無事だった。

だが、翌日の朝、ベランダから街の様子を見ると、どこか様子がおかしい。筋向かいのアパートの屋根の一部が吹き飛んでいた。屋根はそのアパートの庭に落ちていた。よくわがアパートの方角に飛んで来なかったものだ。周囲の高いマンションの壁が影響して、風が渦巻いたらしい。

ミーちゃんはベランダから、じっと吹き飛んだ屋根の方向を見ていた。それから横になって昼寝をした。もう台風のことは忘れてしまったらしい。わたしは破れた外階段の波板を、これからどう補修しようかと、考えあぐねていた。

猫なんて、何の役にも立たないから、カトマンズには少ししかいないよ、とつい最近、教えてくれたのは、ネパール人の友人アジャール氏だ。現在五二歳の彼は若い頃、サッカーのナショナル・チームのゴールキーパーだった。彼によると、猫を飼っている家なんてカトマンズには一軒もない。野良猫はいるが、誰も餌を与えないので数が少ないらしい。犬を飼っている家は多い。犬は番犬として役に立つけれど、猫は牛乳を盗むだけだから、と笑い話のように言うのだ。

ネパールの一般家庭では、牛乳は台所とは別の部屋で、大きな鍋のなかに入れて保管される。その鍋のなかの牛乳を、お腹をすかした野良猫がそっと入ってきて嘗《な》めることが多い。猫はネパールでは盗人扱いなのだ。猫をめぐる文化はここまで違うか、と驚いた。

そういえば、わたしは昔、ヒマラヤ・トレッキングにしばしば出かけたが、カトマンズでも山岳部でも、猫を見かけたことがなかった。痩せた野良犬も、野良になっている牛も多く見かけたが、野良猫は一匹も見たことがなかった。世界中のどんな都市でも猫を見かけるが、猫がいないのは不思議だな、と思ったまま、そのことは忘れていた。

ネパールに猫が少ないのは、ヒンズー教の神々の物語が影響しているのではないか、というのが彼の仮説である。ヒンズーの神々の多くは、動物を乗り物にしている。シヴァ神は牡牛に乗り、その息子のガネーシャ神はネズミに乗っている。シヴァ神が化身して憤怒の神になったときのバイラブは犬に乗っている。ヴィシュヌ神はガルダと呼ばれる鳥に乗り、ヴィシュヌ神の化身であるクリシュナ神は雌牛に乗っている。しかし、猫に乗っている神はいない。猫は聖獣ではないのだ。猫はネズミを捕るが、そのネズミのほうは聖獣なのだ。ヒンズー教の神話は複雑だ。

でもね、と彼は言った。ゴールキーパーをしていたとき、猫に憧れたという。坐ったまま、いきなり垂直に飛び上がったり、高い所から飛び下りても四つ足で立つ猫の技を、ゴールキーパーとして盗みたかった。そう言って、ふふふと笑うのだった。

もちろん、役に立つか、立たないか、なんて、生きることとの大事さとは何の関係もない。危機のとき、役に立たないミーちゃんが横にいてくれるだけで、わたしは安心する。わたしは神ではないから猫を乗り物にするわけではないが(あたりまえだ!)、わたしにとって、猫は聖獣なのだと改めて思った。

朔太郎の猫

つい最近、前橋文学館に行った折り、文学館の前、広瀬川沿いに移設された萩原朔太郎の書斎を見た。書斎は木造一戸建てで屋根は瓦で葺《ふ》かれている。その屋根の棟の上に、瓦と同じ素材で焼かれた猫が二匹いた。一匹は尻尾を立てて四つ足、他の一匹は坐っている。なるほど、朔太郎の有名な詩「猫」からヒントを得て、観光用に作ったものらしい。一目見て、わたしは目をそらした。嫌だな、と思った。詩をこんなふうに具体化して説明して欲しくない、という思いと同時に、瓦屋根の猫が二匹とも太りすぎなのである。朔太郎の詩のなかに登場する猫は、もっとスレンダーでないといけない。

猫

まつくろけの猫が二疋、
なやましいよるの家根のうへで、
ぴんとたてた尻尾のさきから、
糸のやうなみかづきがかすんでゐる。
『おわあ、こんばんは』
『おわあ、こんばんは』
『おぎやあ、おぎやあ、おぎやあ』
『おわああ、ここの家の主人は病気です』

詩集『月に吠える』所収

ここでの猫は、どうやら発情期であったようだ。夜中に猫が「おわあ」とか、「おぎやあ」とか呼び合うときは、たいていそうだ。朔太郎はそれを知っていただろうか。

「なやましいよるの」とあるから、知っていたように見えるが、いやしかし、彼は自分のことしか考えていないのであって（もともと、そういうヒトなのだ）、ここで「なやましい」のは、朔太郎自身なのだ。

「猫」という詩は、大正四年（一九一五）四月に書かれていて、詩集『月に吠える』には「くさつた蛤《はまぐり》」と題した章に収められている。この章の裏扉には「なやましき春夜の感覚とその疾患」というエピグラフがある。作者自身の春の夜の「なやましさ」とそれを病気と見る作品が並んでいる章なのだ。例えば、この章の最初の作品は、「内部に居る人が畸形《きけい》な病人に見える理由」と題された詩であって、家の中で窓のそばに立っている人間が、窓の外から見ると病人のように見える、なぜ、そうなってしまうのか、という奇妙な感覚について書かれている。この詩も「猫」と同じ時期に書かれたものだ。

朔太郎の『月に吠える』は、大正六年（一九一七）に刊行され、日本の近代詩を現代詩につなげる重要な役割を果たした。そこで最も画期的だったのは、人間の生理感覚を詩語として登場させ、定着させたことだった。朔太郎が登場するまで、「なやましさ」を生理感覚として描く詩などなかったのである。

そこで、猫が生理感覚のひとつとして利用された、と考えておきたい。春の真夜中の「まつくろけの猫」。夜の闇と見分けがつかないほどの黒い猫である。その猫の尻尾の先に、尻尾の太さと同じほどの「糸のやうなみかづき」が浮かんでいる。その細い朧《おぼろ》げな光にそって、視線を動かしていくと、「ここの家の主人は病気です」と、「糸」のようにスレンダーな猫がいきなり、屋根の下で寝ている作者を指し示す。そのように読むと、ドラマチックである。

しかし、わたしはこの作品を読むたびに、朔太郎は猫が好きではなかったのだな、と思うのだ。第一、ここでの猫はたんに怪しげで、おどろおどろしい姿でしか描かれていないではないか。発情期の猫たちは、ただ二匹が鼻を突きあわせて、鳴いていただけなのに。

「鼻を突きあわせて」とここで書いたのは、詩「猫」には、書きかけの草稿が三種類残っていて、その最初の草稿に「猫が二疋で鼻をつきあはせ」とあるからだ。草稿でのタイトルは「春夜」。

そこの
屋根の上に黒猫が二疋
さつきから　ぴんと尻尾をたてゝた尻尾のさきから
月がかすみ
猫が二疋で鼻をつきあはせ
ぴんと尻尾を

草稿はここで終わっている。冒頭に「そこの」とあるから、たぶん、作者は最初、おそらく書斎の窓から、別の屋根の上にいる黒猫二匹を発見したのだろう。それを最終稿（『月に吠える』発表形）で、「そこ」から、「ここの家」＝作者の家に変えたのだ。

朔太郎には、詩集『青猫』（大正一二年＝一九二三）や、散文詩風の小説『猫町』（昭和一〇年＝一九三五）があるほどに、猫はよく登場するのだが、どうも猫好きであったようには思えない。詩集でも小説でも、朔太郎の猫は可愛らしくないのだ。

猫の精霊たちが住む世界を描いた小説『猫町』には、幻想のなかに登場する猫たちが、「猫、猫、猫、猫、猫、猫、猫。どこを見ても猫ばかりだ。そして家々の窓口からは、髭の生えた猫の顔が、額縁の中の絵のやうにして、大きく浮き出して現はれて居た」というように、恐ろしげに描かれている。そして作者はこの「猫町」の幻をモルヒネを打ったせいだとし、「狐に化かされた」とまで言う。

ねえ、ツイラク・ミーちゃん。おまえたちの精霊が住むという町が宇宙のどこかにあるというなら、連れて行っておくれ。たぶん、わたしの「猫町」の猫たちは人間を驚かさず、寝てばかりいるだろう。

犀星の猫

萩原朔太郎は猫好きではなかったが、詩の世界で彼の盟友でもあった室生犀星は、大の猫好きだったことでよく知られている。

もっとも犀星は猫だけではなく犬も好きで、ブルドッグを二頭も飼っていたらしい。

猫は代々、約一〇匹飼われた歴史がある、ということが金沢の室生犀星記念館制作の「室生家の犬猫年譜」には記されている。文学者の記念館に犬と猫の年譜があるなんて、ここくらいだろう。

犀星の猫好きについては、彼が子ども向けに書いた「猫のうた」と題した詩が充分に教えてくれる。

猫のうた

猫は時計のかはりになりますか。
それだのに
どこの家にも猫がゐて
ぶらぶらあしをよごしてあそんでゐる
猫の性質は
人間の性質をみることがうまくて
やさしい人についてまはる、
きびしい人にはつかない、
いつもねむつてゐながら
はんぶん眼《め》をひらいて人を見てゐる。
どこの家にも一ぴきゐるが、
猫は時計のかはりになりますか。

『動物詩集』所収、一九四三

「猫は時計のかはりになりますか」というのは、むろん、猫が時計のように、日々、同じ日常を歩むことを知っていて、作者はわざと言っているのである。次の行の「それだのに」は、猫は一家の時計代りなのに、という意味を含んだ接続詞。どこの家でも猫は「ぶらぶらあしをよごしてあそんでゐる」。うーん、このあたりに、猫の可愛らしさと、猫を慈しむ視線が充満していて、わたしは大好きだ。この一行にこの詩の最大の魅力がある。

ほんとうに猫は外で遊んでくると泥だらけの足で家のなかに入る。「ぶらぶらあしをよごして」と犀星は書いているが、まるで人間が縁側に坐って、足を地面に向かってぶらぶらさせながら、泥遊びをしているような表現だ。もちろん、猫は足を汚すときも、たんに歩いているだけで、「ぶらぶら」させて遊んでいるわけではないのに。

「猫の性質は」以降の詩行は、猫についての一般論。「いつもねむつてゐながら／はんぶん眼《め》をひらいて人を見てゐる」のは、うちのツイラク・ミーちゃんもそうである。寝ている猫の傍《そば》を通ると、ニンゲンがこれから何をするか、どんなに気持ち良さそうに寝ていても耳を動かし、薄目を開けて確認するのが、猫という動物だ。ニンゲンを信用していないのである。

室生家には、「ジィノ」と呼ばれる猫がいた。あるとき、家の庭に雄の子猫が迷い込んできて、飼い猫になった。長女の朝子さんがイタリア映画の登場人物の名前からとって、最初は「アンジェリーノ」と名付けたのだが、そのうちに略称「ジィノ」になったらしい。この猫が、犀星を撮影した一枚の写真のなかにいたことから、いまや「火鉢猫」と呼ばれるようになっている。

ある冬、火鉢の近くにうずくまっていたジィノを寒そうだと思ったのだろう。犀星がそのお尻を押して火鉢に近づけると、二本の前足を火鉢の縁にかけて身体を寄せ、うとうと、としだしたのである。まるで両前足を火鉢にあてているような体勢になった。それからは、このスタイルが冬の間のジイノの定番になったそうだ。

そんな火鉢にあたっているジイノを、いかにも愛おしそうに見つめている室生犀星の写真があって、犀星記念館の入り口には、この「火鉢猫」を復元した小さな立体作品も置いてある。猫の毛はフェルトで作ってあるそうだ。

室生家の人々は全員が猫好きだったようで、孫娘の洲々子《すずこ》さんが編集した『室生家には猫がゐて』(二〇一七)という写真集がある。その本の最後に、軽井沢の別荘から遠くへ歩いていく犀星の後ろ姿があって、それを別荘を囲む竹の垣根の上で見送っている一匹の猫の写真がある。一九六〇年夏に撮影されたものだ。後ろ姿の猫なので表情は見えないのだが、いかにも寂しそうだ。

「カメチョロ」と名付けられた猫で、毎年別荘で可愛がっていたが、あまりにも可愛いので軽井沢から東京の自宅に連れてきた。そのうちに「カメチョロ」は病気にかかって死んでしまった。犀星はその毛を切り取り、「遺髪」として保存。後に軽井沢の川のほとりに自ら詩碑を建立したが、その傍に立てた二体の石の俑人像《ようじん》の近くに「カメチョロ」の遺髪を埋めた。軽井沢から空気の悪い東京に連れてきたのが間違いだったと歎き、その罪滅ぼしに毛だけを軽井沢に戻してやったのだ。二体の俑人像の下には、現在、室生夫妻の遺骨も埋められている。

わたしは大森に住んでいるので、犀星の晩年の家があった馬込はすぐ近くだ。ときどき散歩をすることがある。室生家のあった場所には現在はマンションが建っていて、かつての家のおもかげはない。大きな寺院の裏手にあって、ここで犀星は小説を書いて流行作家になった。また庭を作ることにも熱心で、庭に植える草にも樹木にも石にもこだわった。庭の苔《こけ》を殖《ふ》やすために、寺院の墓地から苔をもらったりしていた。猫たちはそんな庭で「ぶらぶらあしをよごしてあそんで」いたのである。あの、いかつい顔をした犀星が写真のなかで猫を見ているときのやわらかい顔を思い出すと、猫好きは誰であってもどうしようもない、と思う。

犀星と火鉢猫ジイノ
提供・室生犀星記念館

ノラ、ノラ、ノラ

深夜、窓の外から、車が急停車する大きな音が聞こえた。何かがぶつかったようだ。ギャッという声が聞こえたか、聞こえなかったか。車はしばらく停車して、そのまま走って行った。思わず、さきほどまでベッドの上で寝ていたはずのツイラク・ミーちゃんのほうをふり返ると、彼女の姿がない。いつのまにか遊びに出ているらしい。車にぶつかったのはミーちゃんか？　ゾッとする。

死んだかもしれない。心が凍りついた。目をつぶる。覚悟を決めるか。と思っていたら、ほどなくして、何食わぬ顔をして彼女は帰って来た。風のようにベッドの上に乗り、自分の前足を舐めている。ぶつかって傷めたのか、と触ってみると、何でもない。

家の近くで車が急停車する音に敏感になるのは、昔、深川の倉庫街に住んでいたときの影響だ。この倉庫街のことは、「足音は風」の章でも書いたが、都会では元気で勇敢な子猫から先に、路地を猛スピードで走ってくる車に轢かれて死んでいくのだ。優柔不断で、臆病で、意気地のない子猫ほど長生きする。ツイラク・ミーちゃんがそのよい例だ。生まれてきたとき、四匹の兄妹たちのなかで、もっとも弱々しく、小さく、何事にも優柔不断で、餌をあげても兄たちが食べるのを見届けてからでないと、口をつけなかった。しかも食欲はいつも少なかった。そんな子猫だったから、わがアパートの塀の上から、あるときバランスを崩して墜落して、血まみれになってしまったのだった。そんなミーちゃんが、いまさら車に轢かれるはずはない。

というふうに、わかってはいても、車は野良猫の大敵である。野良猫と家猫との間を行ったり来たりしているミーちゃんを飼っているかぎり、彼女が外出先でいつ死んでもしかたがないと、覚悟をしなければならないのである。

車は大敵だが、駐車している車は別だ。野良猫たちは駐車場が大好きで、というよりも停まっている車の下が大好きで、冬は暖かく、夏は涼しく、雨風も防げるので、仲間たちとの集合場所にもなる。

ここまで書いて、思い出す一人の「猫おじさん」がいる。最近はめっきり会わなくなったのだが、わたしのアパートの隣にあった駐車場に、週に二回ほど、きまって深夜二時頃に現れて、車の下にいる野良猫たちに餌をやっていた。どういうきっかけで言葉をかわすようになったのか忘れたのだが、ミーちゃんの母親のシロが生きていたときのことである。シロがある夜、彼から餌をもらっている光景を見かけたので、お礼の声をかけたのだったろうか。ほぼ五〇歳代の優しい風情の男性で、音響関係の仕事をしているという。猫が大好きなのだが自宅では飼えないので、仕事が終わった後、定期的に場所を決めて野良猫たちに餌をやりに回るのだという。彼は彼で、どの猫にも名前を付けていた。そして集まった猫たちの性格をよく知っていた。

シロがあまりにも何回もお産をするので、避妊手術をしたいのだが、野良猫なので捕まえることができないのです、と相談すると、一緒にやりましょう、と言ってくれた。彼は仕事が休みの日に大きなキャリーバッグを持って、わたしのアパートの二階のベランダに現れた。ベランダにあったダンボール・ハウスにいたシロに向かって、餌を持って呼びかけた。警戒心が無くなるまで長い時間をかけた。自分のほうからは近寄らず、シロが近寄ってくるまで待ったのである。その忍耐力に感嘆した。やがて捕まえると、彼が病院まで連れて行き、手術を終えると、また連れてきてくれたのだ。手術費は彼とわたしの折半だった。彼がそのように提案したのである。彼はこの地域の野良猫は、わたしと一緒に共同飼育をしている、という意識があった。ただし、シロはこの手術に驚き、今後もニンゲンたちには何をされるかわからないと思ったらしく、戻ってきた翌日、わたしのアパートに子どもたちを残したまま、姿を消した。

ミーちゃんが生まれて一年ばかりになったときも、彼が避妊手術に連れて行ってくれた。このときも手術費は折半だった。手術をすると、もうオナカの中には赤ちゃんが数匹いたという。いつ、そんなことになったのだ？　ミーちゃんの最初のオトコは誰なのだ？　いまも謎のままである。ミーちゃんは避妊手術を済ませたという証明のため、左耳の先端がV字形にカットされていた。これは区役所の規則であった。あるとき、駐車場の管理人から、ここで餌をやるな、と文句を言われて以降、この親切な「猫おじさん」はこの地区に現れなくなった。おそらく彼は、今夜も別の地域を回っているに違いない。彼が現れなくなってから、ミーちゃんは野良出身のくせに、わたしの家の、家猫同然になったのだった。

どこの街でも、このような「猫おじさん」「猫おばさん」はいる。たいてい彼や彼女たちは公園でも住宅街でも、近隣の人から文句を言われないように、こっそりと猫たちに餌をやっている。わたしはその隠れた存在に、たまらないほどの猫への愛情を感じる。そしてこのおじさんやおばさんたちは、都会の片隅で、目立たないように助け合い、シンパシィを交わしあっているのだ。

かつての深川の倉庫街には、面白い「猫おばさん」がいた。自分の家の前の街路樹の下に、二階建ての猫用のダンボール・ハウスを作り、そこにこんな看板を掲げていた。

「ここにいるのは、代々の野良猫です。勝手に餌をやらないでください。餌を見つけると捨てます」

わたしはいまでもよく、この看板のことを思い出しては笑ってしまう。何という毅然とした態度であろうか。

「代々の野良猫」という言葉。つまり、深川の倉庫街に住む猫はすべて野良猫であって、家猫など一匹もいないのである。彼女には、この街に住む何世代もの野良猫たちの世話をしてきたのだ、というプライドがあった。自動車事故や食中毒などで、わずかな期間で死んでしまう野良猫たち。通りがかりの人が、ちょっとした思いつきで、猫に害がある餌を知らずに与えたり、猫嫌いが毒饅頭《どくまんじゅう》を与えたり、都会の野良猫を取り巻く環境はいつも危険がいっぱいだ。「餌を見つけると捨てます」というのは、完全に彼女が野良猫になって言っているのである。

その「猫おばさん」の家のまわりにはいつも猫たちが徘徊《はいかい》していて、彼女もまた、すべての猫に名前を付けていた。わたしが可愛がっていた野良猫も「猫おばさん」は大事にしてくれていて、徘徊する猫たちの情報をお互いに交換しあっているうちに、わたしもいつのまにか「猫おじさん」になったのだった。

猫は不定形である、と言ったのは、戦後詩人の一人、田村隆一である。

不定形の猫

朝　西脇順三郎の詩論を読んでいたら
床屋の椅子に坐って反芻している牛の話が出てきた
牛と床屋との関係は相反する関係ではないが
自然や現実の関係としては
かけはなれた関係として新しい関係となる
というのだ
チェスタートンの殺人のトリックにも
村の床屋が出てきて
裏の川に対極者の屍骸が投げこまれるエピソードがあった

凶器はありふれた剃刀だったけれど
ぼくも村の床屋まで行ってみる
秋のはげしい夕焼けのなかで燃えているもの
凶器の剃刀のようにただ冷く光っているものが見たいばかりにさ
床屋には牛も坐っていそうもないしスマートな殺人もないだろうが

この村には新しい関係も相反する関係もないことがよく分った
真夜中　浴室のあたりで
まるで霊魂がもどってきたような音がした
それからゆっくりと
どこからか帰ってきた不定形の猫が
ぼくのベッドにもぐりこむ

田村隆一『新年の手紙』所収、一九七三

田村隆一はアガサ・クリスティなどのミステリー小説の翻訳家でも

あったから、この詩の前半は彼のミステリー好きが、よく表れている。しかし、後半、猫が「霊魂」のように家に戻ってくる音がして、彼のベッドにもぐりこむ。「不定形の猫」。まさしく、猫たちは「霊魂」であり、「不定形」であるからこそ、わたしたちの魂をつかむのだ。

図書館と猫——あとがきに代えて

図書館にいるとき、わたしは猫になりたいと思う。いや、すでに猫になっているわたしがいる。開架式の図書館の棚の前で、立ち読みしているわたしがいて、その近くに本を抱えて坐っているわたしがいて、やがて、本を読みふけっているわたしがいて、それから本を抱えたまま、眠っているわたしがいる。

図書館のその棚までやって来たのは、ある目的の本を探しに来たのだが、見つからないまま、目的とはまったく別の本に興味を持って、その本を取り出して読みふけってしまう。時間が止まってしまう。いや、時間なんてどうでもいい。猫には時間なんてないんだから。

わたしが初めて全集というものを買い込んだのは、萩原朔太郎全集だった。全四巻のその本は、背表紙が革で出来ていて、灰緑色をしていた。その第一巻の背表紙に、いまも猫の歯による嚙み跡がある。不味《まず》かったに違いない。二十代のはじめ頃、飼っていた雌猫に齧られたのだ。朔太郎全集はその後、もっと巻数の多い決定版全集を揃《そろ》えることになったが、猫に齧られた旧全集は、そのままいまも本棚にあって、朔太郎の詩を参照するときは旧全集のほうを使う。そのたびに背表紙を触って、もうとっくに死んでしまった猫のことを思い出す。

わたしの母親は、猫が嫌いだった。庭に猫が入り込むたびに、「シッ」と声をあげて追い払っていた。庭には池があって、鯉や鮒《ふな》や金魚が何匹もいたのだが、野良猫たちはときどき池に手を突っ込み、魚たちを捕まえては食べたからである。金魚や鮒の死体が散らばっている庭を見て、「また、猫が!」という母親の怒り声を聞いて育ったから、わたしもいつのまにか、猫嫌いになっていた（のかもしれない）。というか、家では白いスピッツを飼っていたので、そちらのほうに愛情を注ぐあまり、猫には無関心だった。

それが、いつのまにか猫好きになってしまったのは、二十代のはじめに付き合った女性が猫好きだったから、という単純な理由で、へぇー、そうなんだ、猫というのはブスであっても、美人であっても、こんなに可愛いんだ、ニンゲンよりもずっと大人なんだ、という発見は、何だったんだろう。

野良猫たちよ

窓から入って
いいよ
みどりの海　みどりの声
鳥たち　子どもたち

ブランコの上で揺れている天使たち
空の奥にいる　深いみどりの
みなしごたち　その瞳のみどり
それら愛するものを残して
窓から入って
それから
ふり向いてもいいよ
それから
そっと
窓から帰って
いいよ

見たことのない地図を想像しようとする。猫の脳内に、どんな地図が描かれているか、何が見えていて何が見えないのか、聞こえる音によって地図が作られているのではないか、匂いによっても地図が作られているのではないか、髭で触って確かめることのできる地図があるのではないか。

耳だけを動かして、見えないものを見る、ということができるのではないか。気配を知り、遠くの足音や風音を聴くことによって、ありありと見えているものがあるのではないか。そうでなければ、寝ていた猫がふいに首をあげ、遠くのほうに向かって真剣な顔で、壁を見つめることなんてないはずだ。何を見た？　何を考えている？　何を想像している？

猫の遺伝子は、古代エジプト時代からほとんど変わっていないらしい。つまり、エジプトで神として扱われていた猫が、そのままわたしが愛している、駄猫のツイラク・ミーちゃんまで繋がっているということだ。ということを、ミーちゃんを撫ぜながら、その小さな顔を両手ではさみながら、さきほどからジッと考えている。おまえは古代エジプト時代にファラオとともにいた猫のままなんだよ。おまえが尻尾を丸めて坐っているとき、限りなく高貴なスタイルに見えるのはそのためなのか？

猫を見守る。ニンゲンは猫を見守ることしかできない。これができるのは、ニンゲンの大人だけである。子どもは猫と遊ぶが、大人は猫と遊んでいるときも、見守っている。猫はニンゲンのことなんて考えていないから、その理解不能な猫については、理解することを諦めて、見守るしかない。猫はニンゲンを睥睨《へいげい》している。


翻《ひるがえ》って言うと、猫というのは、わたしの感情の水溜まりのようなものである。手にとって掬《すく》えるほどの量の水が溜まっていて、そこには微風が吹いて小波《さざなみ》が立つこともあるが、たいていは静かな平面を保っている。

水溜まりを跨《また》ぎ越すこともできるが、水溜まりがそこにある、猫がそこにいる、ということはわたしをいつも平穏な気分にさせてくれる。放っておいてよい。世はこともなし、というわけだ。

水溜まりに、ときおり手を入れてみればいい。触るのがいい。人間の感情は触ることができないから、その代わりに、猫を触る。猫はお返しに、ザラザラした舌で指を舐めてくれるだろう。それから、自分の背中や足先を舐める。猫は、自分を水溜まりのままにしておいて欲しいのだ。猫は液体なのである。

猫についてのエッセイをまとめて書いたのは初めてだった。書き出すと、いくらでも思い出すことがあって、また、現在進行形で物語は生まれて、何を書き出すかわからないわたしがいて、そしてついに、わたしは猫に比べると、カラッポなのである、ということがよくわかった。

猫には負ける！

猫はわたしの愛人であり、いや、わたしが猫の愛人であって、液体の猫には、言葉なんて届かないのだ。で、何も考えないことにした。

猫のように
足を投げ出して　寝る
それだけでいい
愛するというのは　そういうことだ
眠って　眠って
この世が無くなってもいい
忘れることにした
でも　愛している　いまを

本書は、亜紀書房ウェブマガジン「あき地」に二〇一八年九月〜二〇一九年一一月に連載した「猫と詩人」をまとめたものです。

「図書館と猫」は書き下ろしです。

著者

佐々木《ささき》幹郎《みきろう》

詩人。一九四七年奈良に生まれ大阪で育つ。同志社大学文学部哲学科中退。ミシガン州立オークランド大学客員研究員、東京藝術大学大学院音楽研究科音楽文芸非常勤講師を歴任。詩集に『蜂蜜採り』（書肆山田、第22回高見順賞）、『明日』（思潮社、第20回萩原朔太郎賞）など。評論・エッセイ集に『中原中也』（筑摩書房、第10回サントリー学芸賞）、『アジア海道紀行』（みすず書房、第54回読売文学賞）、『やわらかく、壊れる』（みすず書房）、『雨過ぎて雲破れるところ』（みすず書房）、『旅に溺れる』（岩波書店）、『瓦礫の下から唄が聴こえる』（みすず書房）、『東北を聴く——民謡の原点を訪ねて』『中原中也——沈黙の音楽』（ともに岩波新書）など。『新編中原中也全集』全6巻（角川書店）責任編集委員。近刊に、共著『大正＝歴史の踊り場とは何か——現代の起点を探る』（講談社選書メチエ）、詩集『鏡の上を走りながら』（思潮社、第1回大岡信賞）、英訳詩集『Sky Navigation Homeward』（Dedalus Press）。

猫には負ける

２０２０年２月22日　初版第１刷発行

著者　佐々木幹郎　発行者　株式会社亜紀書房　〒１０１-００５１　東京都千代田区神田神保町１-32
電話　０３-５２８０-０２６１　振替　00100-9-144037　http://www.akishobo.com
イラスト　Mogu Takahashi　デザイン　芝　晶子（文京図案室）　ＤＴＰ　コトモモ社
印刷・製本　株式会社トライ　http://www.try-sky.com